光文社文庫

長編推理小説

# 信州・善光寺殺人事件

梓　林太郎

光　文　社

# 目次

長野・善光寺周辺略図
城山公園
善光寺北
善光寺西
善光寺
経蔵
寛慶寺
諏訪神社
山門(三門)
仲見世通り
仁王門
桜枝町
大勧進
玉照院
大本願
善光寺下駅
信州大学教育学部
西之門町
善光寺
善光寺大門
善光寺局
長野電鉄長野線
長門町
大門
406
大門南
県町
諏訪町
権堂駅
西後町
中央通り
権堂町
長野大通り
長野県庁
南県町
県庁前
19
新田町
長野県
市役所前駅
北石堂町
南千歳町
しなの鉄道北しなの線
19
南石堂町
長野駅
長野駅
信越本線
北陸新幹線

# 信州・善光寺殺人事件

# 第一章　遭難

## 1

『信州は涼しいと思ってきたけど、じつは暑いところなのね』

旅人のそんな声をきいた八月六日の昼すぎ、長野県警松本署刑事の道原伝吉（みちはらでんきち）は、捜査の折りにコンビを組む吉村夕輔（よしむらゆうすけ）巡査を誘って昼食に出掛けた。出掛ける前、刑事課長のデスクを振り返って、何事も起こらないことを祈った。

「少し歩くが、うまいそば屋がある」

「いいですね。ここ何日かそばを食っていません」

吉村は四角張った顔をにこりとさせた。

「そば屋は、四郎庵（しろうあん）といって、奈良井（ならい）川の近くだ」

「その店、見たことがあります。昼どきのことでしたけど、二、三十人の列ができていました」

「急に人気が出て、客が並ぶようになったんだ。ＮＨＫがテレビの旅番組で流したのが、人気のきっかけらしい」

午後一時近くになったせいか、二人は四郎庵にすぐ入ることができた。

道原は店内を見まわした。テーブルが十一あって、満席だった。

食事を終えた客は次つぎに出ていき、半分は空席になった。

道原はとろろそば、吉村はざるそばの大盛りで、昼食を終えた。

二人が話しながら歩いていく道には、白壁の土蔵がいくつもあって店舗に改装されている。二人が刑事だということを知っている人はいないはずだ。知っていたとしたら、『警察官なんて、のんきな商売なんだ』と笑っただろう。

二人が刑事課(デカベヤ)へもどると、「シマコ」と呼ばれている紅一点の河原崎志摩子(かわらざきしまこ)が、

「伝さん、いえ、あの、道原さん、すぐに署長室へ」

と、目尻を吊り上げた。

さっき何事も起こらないようにと祈ったのに、シマコの口調だと緊急事態でも発生したようだ。

署長室は一階の奥。道原だけが階段を駆け下りた。

三船(みふね)課長が、黒縁メガネの署長と向かい合っていた。

「伝さん、事件だ」

課長が振り向いた。

三十分前に新潟県警三条署からの連絡で、松本市在住者らしい男性の遺体が三条署管内で見つかったことが分かった。遺体のもようから殺害された可能性が濃厚だという。

遺体の男は所持品から松本市横田の戸板紀之らしい。三条署は、松本市の戸板という家の電話番号を調べて掛けたが、応答する人がいなかったという。

道原も、三条署からきいたという電話番号を叩いてみたが、やはり応答する人はいなかった。

戸板紀之という男が身に付けていた物は健康保険証だった。それによると六十二歳だ。

道原は、署長と課長から三条署へいくようにと指示された。その前に市内横田の戸板紀之の住居を見ることにして、吉村の運転する車に乗った。

戸板という小ぶりの表札の出ている家はすぐに見つかった。女鳥羽川に注ぐ湯川という細い流れのすぐ近くの二階建ての一軒屋だった。

インターホンを押したが応答がなかったので、隣家に声を掛けた。猫背の老婆が出てきた。

老婆の話で、戸板家は紀之と彼の長男夫婦と孫である女の子の四人暮らしだと分かった。紀之は二年前に妻を病気で失った。彼は松本地方では大手の千曲建設に長年勤めていたようだが、一年ほど前に退職した。退職後は、カメラを首に掛けて出掛け、風景や植物を撮影するだけでなく、水彩画を描いている。まだまだ働ける健康体のようだったが、趣味を楽しむために会社勤めを辞めたようだったと老婆は語った。

長男夫婦は会社勤めをしており、小学生の孫は学習塾通いをしているのだという。

老婆は、戸板家か紀之になにかあったのかと、眉間に皺をよせ、道原と吉村をにらみつけるような目をした。

長男夫婦の勤務先をきいたが、老婆は知らないといった。

「ちょっと心配なことがあるんです」

道原は曖昧な答えかたをして、老婆の家をはなれた。

車へもどりかけたところで戸板家を振り返った。窓辺に洗濯物などは出ておらず、きちっと戸締りをされて押し黙っているように見えた。

署に帰ると三条へ列車でいくか車でいくかを検討した。列車だと、長野へ出て北陸新幹線で高崎へ。そこから上越新幹線に乗り換えて燕三条だ。吉村は現地での移動を考え、上信越自動車道を使って車でいくことを主張した。

道原と吉村の話し合いをきいていた三船課長が、

「事件捜査だからといって、車をあんまり飛ばすなよ」

と、吉村にいった。

「飛ばすなよ」

シマコが課長の口調を真似た。吉村はちょこんと頭を動かした。

吉村が運転し、道原が助手席でシートベルトをつかんでいた車は、日没前に三条署に到着した。二人は小会議室へ招かれた。五十歳ぐらいの刑事課長と本間(ほんま)という四十半ばの刑事と向かい合った。

本間が、道原と吉村の前へ写真を何枚も並べた。けさ、市民からの通報で発見した男性遺体とその周辺を撮ったものだった。

「遺体の近くに、この男性の物と思われる黒革のショルダーバッグがあって、そのなかに健康保険証、コンパクトカメラ、ノート、ボールペンが入っていました」

本間はそういって、バッグとそれに入っていた物を並べた。

「ケータイかスマホは……」

道原がきいた。

「ありません」

身元を証明できそうな物は保険証だけだ、と本間がいった。

カメラには十四コマが写っていたが、すべて花火を撮ったものだった。長岡(ながおか)の大花火を見物にいったのだろうという。

道原はノートを開いた。

最初のページにはなにも書いていなくて、二ページ目には地図のようなものが描かれていた。鉄道と思われる二本の線のあいだに「月岡（つきおか）」という文字があり、道路と思われる線が二本描かれていた。

「月岡というのは……」

人の名字ではと思ったので道原は本間にきいた。

「地名です。JR信越本線の三条と東光寺（とうこうじ）という駅がありますが、ホトケさんが発見されたのは二つの駅の中間の月岡という地域です」

「発見現場付近に、月岡という名字の家がありますか」

「ありません」

「するとホトケさんは、月岡という地域のどこかの家、またはだれかを訪ねたか、訪ねようとしたことが考えられますね」

「そうだろうと思われます」

男性の遺体はきょう（八月六日）の午前中に発見されたが、その場所は水田のなかだったという。

水田の持主が田圃（たんぼ）の見まわりにいって発見し、驚いて警察へ通報した。男性は農道脇の水を張った田圃のなかに俯（うつぶ）せになっていたという。

遺体解剖検査の結果の連絡が大学の法医学教室からあったと、若い職員がメモ用紙を手にして報告に入ってきた。

「死因は……」

本間が職員にきいた。

「溺死ということです」

「溺死……」

刑事課長と本間は顔を見合わせた。

遺体の左腹部にはナイフによるものと思われる深さ十三センチの刺創（しそう）がある、と解剖所見にあった。つまり男性は農道で腹をナイフで刺され、水田へ突き落とされた。あるいは助けを求めて這っているうちに水田へ落ち、田圃の水を飲んで溺れ、水田から這い上がれずに死亡したもようである。

「殺されかたにもいろいろあるが、刺されたあと田圃のなかで苦しんで、水を飲んでしまい……。なんだか哀れだね」

課長は、実りが近づいていた稲の株をつかんで事切れたかもしれない男性の姿を想像したようだ。

日が暮れていたが、男性の遺体発見現場を見ることにした。

大型ライトを積んだトラックの後について現場へ向かった。東光寺駅近くの踏切りをまたぐと田園地帯が広がり、上越新幹線の下り列車が見えた。

雑草が生えている農道に進入禁止の黄色のテープが微風に揺れていた。男性は農道の端から二メートルほどの水田に倒れていたという。現場を大型ライトが照らした。成長しきった緑色の稲がいくつか倒れている。それが男性の悶絶の痕跡だろう。ショルダーバッグは農道の草のなかで見つかったという。

男性の死亡推定時刻は、八月五日の午後六時ごろから九時ごろ。日が暮れてから農道で何者かと向かい合い、正面から腹をナイフで刺されたもようだ。何者かは、ナイフを携行していたのだから、殺意を持って男性と向かい合っていたのだろう。

松本市横田の戸板家に電話が通じた。三条署の電話に応えたのは紀之の息子の輝治だった。

本間が男性遺体の概要を説明すると輝治は、「その人は父だと思います。父は八月三日に、新潟へいくとだけいって家を出ました」

それだけいうと輝治は咽せて咳をした。唸るような泣声をきかせながら、あす三条署へいくといって電話を切った。

## 2

あす、三条署へ戸板輝治がきて遺体と対面することになっている。道原と吉村は、輝治に会って話をきくために、長岡駅近くのビジネスホテルに宿泊した。

三条市と燕市は隣合っている。燕市は洋食器製造で全国に知られ、一方三条市は、古来、信濃（しなの）川の河川交通の河港、北陸街道の宿場町であり市場町でもあった。享保（きょうほう）年間ごろから金物鍛冶（かじ）がはじまり、泉州堺（せんしゅうさかい）と播州三木（ばんしゅうみき）に並んで日本三大金物の町となった。理髪用の鋏（はさみ）の生産では日本第一とされている。

水田のなかで発見された男性遺体は、戸板紀之にちがいなさそうだ。道原は深夜まで、戸板について吉村と話し合っていたせいか、よく眠れないまま朝を迎えた。

台風が接近しているということで、空は重苦しい灰色をしていて、短時間、強い雨が降った。

ホテルを出た道原たちは午前九時半に三条署に着いた。

男性の遺体は署にもどってきているといわれたので、本間に霊安室へ案内してもらい、寝台に近寄って合掌した。

遺体の人は体格がよかった。身長は一七三センチで体重は六五キロだと本間がいった。

屋外へ出ることが多かったらしく、顔も腕も陽焼けしていた。手足に小さなすり傷はあるが、重傷は左腹部の刺創で、多量の出血があったものと思われる。

戸板輝治が着いた。彼は紀之の弟の戸板力造（りきぞう）を伴っていた。二人は霊安室で紀之の遺体に対面し、赤い目をして会議室にもどってきた。

本間が輝治と力造に、紀之の経歴を尋ねた。

輝治は、「父は長年、千曲建設に勤めていました。それ以外に勤めたところがあったようですが、よく知りません」

といった。経歴については力造のほうが詳しくて、「兄は高校を卒業すると、松本市内の印刷会社に勤めました。そこに二、三年いて、東京へいきました。東京での勤め先の名は知りませんが、広告会社に勤めていたようでした。全国の酒造所からお酒の広告を取って、それを雑誌に載せる仕事をしているときいた憶えがあります。そのセールスを何年やっていたのか分かりませんが、松本へもどってきて、千曲建設に勤めはじめたんです。千曲建設に勤めているときに房江（ふさえ）さんと知り合って、二十六のとき結婚したんです」

と答えた。房江は輝治の母で、紀之より二歳上だったが、二年前に病死したという。

「紀之さんは、新潟に縁がありましたか」

本間が、輝治と力造の顔を交互に見てきいた。

輝治は分からないというように首を振った。

「兄は広告会社に勤めていたころ、新潟へ出張していたんじゃないでしょうか」

力造が自信なさげないいかたをした。

「地名だと思いますが、月岡という名称を紀之さんからきいたことがありますか」

「さあ、憶えがありません」

輝治は首をかしげ、力造は首を横に振った。

戸板紀之の遺体は、息子の輝治と弟の力造に引き取られて、松本へ帰ることになった。

遺体が棺(ひつぎ)に移され、二か所に縄が掛けられた。

輝治が急に両手を顔にあて、「真面目な人だったのに」とつぶやいた。父の姿が浮かんだのにちがいない。

紀之はどんな人だったのかを、道原が低声で輝治にきいた。

「昔、セールスマンをしていたし、千曲建設でも営業係をしていたのに、家ではあまり喋らない人でした。家にいるかぎり、夜七時のNHKのテレビニュースを観ていました。テレビドラマは好きでないといって、めったに観ず、海外の旅番組をよく観ていました」

「海外旅行をしたことがありましたか」

「母と一緒に、ハワイとニュージーランドへいったのを私は憶えています。写真を沢山撮ってきて、ニュージーランドの山や湖や羊牧場のことを何度も話していたし、機会があったらまたいきたいといっていました。母も同じで、私の娘にニュージーランドの地理をさかんに教えていました」

「あなたのお母さんは、二年前に亡くなったということですが、病気で……」

「食道ガンでした。父は母の発病をきいた日に、それまで日に四十本も吸っていたタバコを、ぴたりとやめました。私はその父を見て感心したものです。……絵画を観るのも好きでしたが、十年ぐらい前からでしょうか、休みの日はカメラを持って出掛け、気に入った風景を撮ってくると、それを水彩画に描くようになりました。人に見せるわけではなく、自分で楽しんでいたんです。……私の知り合いには毎晩酒を飲みに出掛け、女性のいる店でしょっちゅうトラブルを起こしている人がいますが、父にはそういうことは一度もなかったようでした」

「お父さんは、お酒を飲まなかったんですか」

「飲みました。建設会社の営業担当でしたので、飲酒の機会はたびたびあったようで、深夜に帰ってきたこともありました。私は自宅でほとんど毎晩ビールを飲んでいます。父は休みの日、私に付合うようにビールを飲みましたが、一杯飲むだけでした。……いま思うと、私は父から昔話をきいたことがなかったような気がします。ですので、父の経歴をほとんど知らなかった。若いとき東京にいたことがあるのをきいていたので、どんな仕事をしていたのかを、もっときいてやればよかったと思っています」

「お父さんがお描きになった絵は、ご自宅にありますか」

「いくつもあります。欲しいという人には差し上げていたようです」

「あとで見せてください。お宅へうかがいますので」

輝治は道原の顔を見て、頬をゆるめた。

道原と吉村は、紀之の棺を乗せた車と輝治と力造が乗った車を、三条署の玄関前で手を合わせて見送った。署長も刑事課長も本間も、車が見えなくなるまで立っていた。

「思い出したことがあるんです」

本間が道原に耳打ちした。

道原と吉村は本間の後を追って小会議室に入った。

「この署には妙な記録がひとつ残っているんです」

本間はそういって、色あせたファイルを一冊持ってきた。古い記録なのでパソコンに打ち込んでいないのだといって、ファイルを開いた。手書きの地図と、モノクロとカラーの写真が十数葉貼ってある。撮影された日は三十五年前。

［八月六日の午後八時十二分、信越本線下りの貨物列車の運転士は、東光寺と三条間の線路内で人の姿らしいものを認め、警笛を鳴らして列車を急停止させた。助手とともに列車を降りて線路を点検したが、異状は認められなかったので列車を進行させ、十七分遅れで新潟に着き、遅れの原因を報告した。

翌日、三条駅の駅務員が、前夜貨物列車が急停止した付近の線路上を点検した。すると三条駅から約百二十メートル東光寺寄りの線路近くで血痕らしきものを十数か所で見つけ、血痕らしきものの付着した石を拾って持ち帰った。

検査の結果、石に付着したものは人間の血液と判明、血液型も判明した。

しかし、怪我人の報告はなかった。国鉄から線路内において人血発見の報告を受けた警察は、現場付近の線路内で怪我をした人がいないか聞き込みをしたが、該当者は見つからなかった」

道原はあらためて報告書に添付されている写真に目を近づけた。血痕と思われる黒いシミは一か所のいくつかの石にかたまり、筋を引くように点々と線路から遠ざかっていた。

「まちがいなく怪我をした人がいたんですね」

道原がいうと、本間は、

「怪我をした人をどこかへ移動させたんじゃないでしょうか」

といって、瞳を動かした。

「移動させたということは、怪我人は単独でなく、だれかと一緒だったということですね」

「怪我の手当てのためか、それとも怪我人を隠すために移動したのでは……」

「犯罪の匂いがしますね」

報告書に添付されている手書きの地図をコピーしてもらった。血痕が認められた現場を見ることにした。三十五年前の八月六日の夜、信越本線の線路内で怪我をした人がいたのである。貨物列車にはねられたことも考えられるが、怪我をした人が現場近くにいなかったというのは妙だ。

本間の案内で線路の近くへ車をとめて、三人は一段高くなっている線路内に入った。右からも左からも列車が驀進してきそうで不気味である。血痕が認められた地点の約四十メートル東光寺駅寄りに、信号機も遮断機もない踏切りがあった。怪我をした人は、踏切りを無視したのか、それとも知らなかったのか。

「自殺しようとしたんじゃないでしょうか」

吉村がレールをまたいでいった。

「死ぬ気だったが、列車に飛び込むことができなかったというんだな」

「列車に撥ね飛ばされてしまったのかも」

いずれにしろ怪我をした人はいた。どこを打ったか切ったか分からないが生命にかかわるほどではなかったのだろうか。

この現場を検べた警官は、付近の医療機関への聞き込みはしなかったようだ。過って線路内に立入った無法者で、怪我の程度は大したことはなかったのではと判断したのかもしれない。

線路の両側は水田地帯で、いくぶん黄色味を帯びた稲穂がそよ風を受けて波をつくっていた。真っ平な水田の先に小さな林を背負った家が点在していた。西を向くと、遠くに弥彦の山が見えた。道原は額の汗を拭いた。目の前にひろがっている風景は至極平穏である。新潟行きの普通列車が通った。上りの新幹線の列車も見えた。

紀之が持っていたノートのコピーを出してみた。鉄道らしい二本の線のあいだに描かれている「月岡」の文字は地名だと分かったが、なにかを強調しているように道原には映った。

紀之は月岡へやってきた。そのために災難に遭ったのではないか。

彼は月岡の何者かを訪ねたのではなかろうか。何者かは紀之に訪ねてこられては迷惑な人だった。迷惑どころか、恐れ戦く存在だった。

彼は、その何者かと一緒に歩いていたのだろうが、人の目のない水田のあいだの農道に入ったところで、何者かが用意していたナイフによって腹を刺された。紀之は苦しんで水田へ落ちてしばらくもがいていた、ということではないのか。

ナイフによって腹を刺す。これは女性でもやれる犯行だ。

もしかしたら、紀之が会いにいった相手は女性だったということも考えられる。

彼は松本の自宅を八月三日に出ている。死亡したのは八月五日の夜。三日と四日はどこかに泊まっている。

## 3

道原と吉村は、松本の本署にもどって課長に報告をすませると、市内横田の戸板家を訪ねた。玄関のたたきには何人もの靴が並んでいた。二人は祭壇の遺影に焼香するつもりだ。

「わざわざありがとうございます」

といって、上がり口に膝をついたのは紀之の娘の久留美だった。輝治の妹である。

久留美は背が高く、くっきりとした目の器量よしだ。二十八歳だと輝治からきいている。

彼女は、県内では大手企業の赤石精機の社員で、松本市内の工場に勤めていたが、本社勤務に変わり、長野市箱清水のマンションに住んで、長野市小柴見の本社へは軽乗用車で通勤しているという。

祭壇中央の遺影の紀之は、チェックのシャツを着て微笑んでいた。何年か前の写真らしい。

道原と吉村は並んで焼香し、手を合わせた。

輝治はきょうも赤い目をしていた。三条署で会ったときよりもやつれて見えた。

力造もきていて、弔問にきた人と話していた。

輝治の妻と力造の妻が、台所をはなれて道原たちに挨拶した。八歳の娘亜樹は編んだ髪を二つに分けていた。

「亜樹は、おじいちゃんとよく話していました」

と、母親のあすみがいったことから道原は亜樹の前へすわった。紀之とどんなことを話していたのかをきくと、

「おじいちゃんは、お絵描きを教えてくれました」

どんな絵を教えてもらったのかときくと、花火の絵だと答えた。

「花火の絵を描いたんだね」

「花火の絵を描くので、よく観るようにっていって、テレビで花火を観ました。すごい音がする花火だったの」

彼女の話をあすみが補足した。

「二人で長岡の大花火をテレビで観ていたんです」

「長岡の大花火。それは何日ですか」

道原がきいた。

「八月二日の夜です。おじいちゃんはそれを観ているうちになにかを思いついたらしくて、『あした新潟へいく』と、わたしにいいました」

「新潟のどこへいくのかをいいましたか」

「いいえ。新潟としか……」

あすみは頬に手をあてた。彼女は会社勤めをしているので、八月三日はいつもどおり出勤した。紀之はそのあと家を出ていたようだ。

長岡の大花火は信濃川で行われるが、全国的に有名になっている。

「三十五年前に長岡の花火大会はあっただろうか」

道原が首をかしげていうと、吉村は署のシマコに電話を掛けた。

シマコからは五分後に返事の電話があった。以前から花火大会はあったが、現在の「長岡まつり大花火大会」になったのは一九五一年からだと分かった。いまほどの規模ではないかもしれないが、三十五年前にも長岡の花火大会は催されていたのだった。

長岡と三条市月岡は比較的近い。紀之はテレビで長岡の大花火を観ているうちに月岡という土地を思い出し、月岡へいくことを思い立ったのではないか。彼にとっては居ても立ってもいられないことだったのかもしれない。

千曲建設はクリーム色のタイル造りのビルで、案内された応接室からは松本城と旧開智(かいち)学校の建物が見えた。

四角いメガネを掛けた六十代と思われる総務部長が、戸板紀之に関する書類を持ってきて膝に乗せた。道原が戸板の経歴を正確に知りたいといったのだ。

戸板は、現在は安曇野(あづみの)市になっている豊科(とよしな)町の農家に生まれた。三つちがいの力造との二人兄弟だった。豊科の高校を卒(お)えると松本市の丸茂(まるも)印刷所に入社。現場作業員として勤務していたが、三年で退職。東京・日本橋の恒年舎(こうねんしゃ)という広告会社に転じた。同社には約四年勤務して退職。二十五歳のときに千曲建設に入社。営業二部に所属して、住宅の販売を担当していたが、一年前に退職。

「住宅の販売というと、セールスですか」

道原がきいた。

「そうです。当社では、住宅の建て替えを希望しているお宅の名簿を持っていますので、そのお宅を訪問して、ご家族とじっくり話し合いをします。戸板は入社して約一年間は内勤でしたが、お客さんと面談する仕事をやれるかときいたところ、内勤より外まわりのほうが自分には向いていると思うといったので、外勤係にしました」

「成績はいかがでしたか」

「上のほうでした。訪問していた先からの紹介で、新築住宅を受注したケースが何件もありました。お客さんには丁寧に話をしているので、販売後のトラブルもほとんどありませんでした。退職する前の約一年間は、営業社員の指導を受け持っていました。当社では六十五歳まで勤めて欲しかったので、退職を引きとめたんですが、からだの自由が利くうちにやりたいことがあるといって……」

総務部長は、惜しい社員だったのにといった。当然だが彼は戸板が殺害されたのを知っていた。

「戸板さんが事件に遭ったのは、三条市の月岡というところですが、そこはこちらの会社と縁のあるところでしょうか」

「いいえ。戸板の事件で初めて知った地名です。当社とはなんの関係もありません。彼になにがあったのか分かりませんが、殺されたなんて」

彼は首を横に振ったが、なにかを思い出したのか顔を天井に向けて瞳を動かした。

「なにか……」

道原は総務部長のほうへ首を伸ばした。

「ちょっと思い出したことがあるんです」

「なんでしょうか」

道原と吉村は、総務部長の四角いメガネを見つめた。

「戸板はちょうど二年前に奥さんをガンで亡くしました。その直後、彼は元気を失くしたようでしたが、すぐに立ち直って、それまでのように熱心に仕事をしていました。私に退職したいという相談をしかけたとき、私は、奥さんを亡くしたことが影響しているのではないかとききましたが、彼は、精一杯のことをしたので、残念だけど後悔はしていないといいました。強がりをいっていたのかもしれません。いま思い出したのは……」

総務部長がいいかけたところへドアにノックがあって、若い女性社員がコーヒーを盆にのせてきた。彼女はゆっくりとした手つきで、白いカップをテーブルに置くと、一礼して去っていった。

「戸板には娘さんが一人います」

総務部長は、二人の刑事にコーヒーをすすめると、コーヒーカップを見ながらいった。

「久留美さんですね。戸板さんのお宅で会いました。赤石精機の社員だそうです」

「信州大学を出た有能な人だときいています。……たしか去年の十月だったでしょう。彼女は上高地（かみこうち）で、山に登った恋人の下山を待っていましたが、恋人は、上高地へ四時間ばかりで着くと電話したのに、その後、何時間経っても下ってこなかったんです」

道原は目を瞑（つぶ）ると額に拳をあてた。総務部長が語りはじめた出来事に記憶があったので詳細に思い出そうとしたのである。

「山岳救助隊に捜索要請があったので、下山ルートをたどった。その男性は北穂（きたほ）登山を終えて下山の途についたんでしたね」

道原は思い出した。

「そうです。本谷（ほんだに）に転落して死んでいたのを、山岳救助隊が発見したんです」

「思い出しました。なくなっていた男性は登山経験を積んでいた。どうして登山道から転落したのかって、救助隊は不審を抱いていました」

「いま思い返してみると、戸板さんには災難が重なっていたんですね」

総務部長は、戸板紀之の姿を思い出してか、四角いメガネの奥の目をしばたたいた。

署にもどった道原は、東京の恒年舎という広告会社の電話を調べ、三十五年から四十年ぐらい前の人事記録があるかを尋ねた。

「どういうことでしょうか」

と社員にきかれたので、戸板紀之という人が勤めていたらしいが、その人がどんな仕事をしていたのかを知りたいといった。

十五、六分すると回答の電話があった。

戸板紀之は約四年間勤務した。広告募集の営業担当で、福島、秋田、新潟各県の酒造所から広告を取る業務に就いていたことが分かった。

「戸板は月岡という地域へいったことがあったにちがいない。月岡の近辺に酒造所がありそうな気がする」

酒造所をさがせと吉村に指示した。

「越後金盃」「吉野錦」「長岡城」という古い酒造所が存在していることが吉村の調べで分かった。

道原と吉村のやり取りをきいていた三船課長が椅子を立ってきて、戸板は三軒の酒造所から広告を取っていたにちがいないので、電話で問い合わせるよりも訪問してみるべきだといわれた。

「三十五年以上も前のセールスマンを、酒造所の人は憶えているかな」

吉村は課長の背中へ小さい声でいった。

三十五年前というと、信越本線の線路に、吐き散らしたように石を染めていた血痕の一件が頭に浮かんだ。

次の朝、道原と吉村は、ふたたび三条市へ向かった。

三軒の酒造所のうちもっとも長岡寄りの吉野錦を訪ねて、恒年舎に広告を依頼しているかをきいた。「当社は七十年前から三栄堂という広告会社と取引しています。いくつかの広告会社が営業にやってきますが、三栄堂と取引しているのでといって、お断りしています」と、力士のような体格の女性が答えた。

長岡城は百年以上の歴史のある酒蔵だった。

同社は恒年舎と広告の取引があった。現在も年六回は雑誌に広告を出しているという。だが、戸板紀之が訪問していたという記録はなかったし、彼を憶えている人はいなかった。

越後金盃は、燕三条駅の近くで、清酒以外に焼酎も出していた。同社は恒年舎に広告を依頼していた。

「三十五年以上前のことですが、恒年舎からはなんという社員がきていたでしょうか」

道原は、六十代半ばに見える里中という社員に尋ねた。彼は古ぼけた名刺ホルダーを繰っていたが、「ありました。恒年舎の何人かのなかに戸板紀之という名刺が……」

といってから顔を天井に向けた。なにかを思い出したのか考えているらしかった。

「戸板さんは、わりに背の高い人ではありませんか」

「身長は一七三センチぐらいで、中肉でした」

「四、五年前だったと思いますが、当社が清酒の醸造工程見学コースを新しくしたとき、私が説明係を担当していました。それを見学にきた、男の人が、工場内のあちこちをなんとなく懐かしそうに眺めていたので、もしかしたら当社に勤めていたことのある人ではないかと思って、声を掛けました。そうしたら、たしか、『以前、こちらと取引をさせていただいていた、業者です』と答えました。その人にお名前をききましたが、忘れました。その人は戸板さんだったのかも。わざわざ当社の醸造工程を見学においでになったのではなくて、なにかのついでに立ち寄ったのだと思います」

「戸板さんらしい人とは、どんなことをお話しになったか、憶えていらっしゃいますか」

「いいえ。工場のなかを懐かしそうに見まわしていたことしか憶えていません」

しかし、戸板が三条市や長岡市の醸造所を広告を取るためにまわっていたことは確実だった。新潟県には酒造所が多い。県内をまわっていたのだろうが、それには何日間かを要しただろう。その間になにかが起きた。なにかを起こしたか。だれかと知り合ったということも考えられる。

## 4

道原は、戸板久留美の恋人が山で遭難したことに関心を抱いていた。戸板家に関連のある災難だと思ったからである。

その事故を取扱ったのは、安曇野署に詰所のある山岳遭難救助隊だ。同隊には伏見日出男がいる。彼は、道原が安曇野署にいたころは刑事で、道原の部下として捜査にのぞんでいた男だ。生真面目で誠実で、いくぶん不器用なところのある男だ。

道原は吉村を連れて古巣の安曇野署へ伏見に会いにいった。

伏見は顎に鬚をたくわえていた。会うのは二年ぶりだったが、

「少し太ったんじゃないのか」

と、道原がいった。

「そうなんです。山を登り下りしているから太らないと思っていましたけど、よく食べるので」

道原は吉村を紹介した。

「伏見さんのことは、しょっちゅう道原さんからきいています」

吉村は笑いながらいった。

「恥ずかしいことばかりだと思います」

伏見は頭に手をやった。

戸板久留美の恋人の件に話をすすめた。

「遭難死したのは青沼将平といって、当時二十八歳です。青沼は長野市のみずき工業の社員で、ひずみ計の実験のために四人で北穂へ登りました。実験は四日間つづけられ、その間、山は大荒れで、二日間は雪、一日は強風という天候だったそうで、むしろ実験には好条件だったそうです。四人のうち三人は機材を背負って青沼より一日先に山を下りました。青沼は記録簿を整理して次の日に単独で下りにつきました。……涸沢で一服して下り、本谷に差しかかったところで北側急斜面を転落して、死亡したんです」

伏見の説明である。

「本谷へ転落……」

道原は涸沢の往還である本谷のもようを頭に描いた。登山道の両側はカエデやダケカンバやナナカマドなど灌木の林である。

「本谷橋から十分ぐらい登ると、三十メートルぐらいの突き上げがあります。下りは岩に手を掛けて、ちょっと緊張するところです」

伏見がいった。

「憶えている。数えきれないほど往復したところだ。青沼は手になにかを持っていたのかな」

「いいえ。ザックの重量は六キロ程度で、両手は空いていました。十月十三日は薄曇りの天候ですが、気温が平年より高くなりました。青沼はセーターを脱いで、ザックに結わえつけていました」

つまり青沼は、径が急に落ち込むように下っている頂上付近から本谷に転落し、頭や腰を強打して死亡したのだった。が、解剖所見には目を見張る記述があったので、伏見たち数名の隊員は、解剖検査を終えてもどってきた遺体に目を近づけたという。

「なにか気になる点が……」

道原は伏見の目をのぞいた。

「青沼の肩と背中に、登山靴で蹴られたのではないかと思われる跡が付いていたんです」

「肩と背中に……」

道原がつぶやくと、伏見は書棚からファイルを取り出した。それには遺体の写真が貼ってあった。道原と吉村は、背中を撮った写真に目を近づけた。右肩に靴先らしい跡が茶色に写っている。背中には明らかに登山靴と分かる跡が黒っぽく写っていた。

「遺体を発見したときの青沼の服装はどんなだった」

伏見にきいた。

「上は長袖のフランネルのシャツにレインウエア、下はステテコにジーパンでした」

山岳救助隊に捜索要請があったのは、十月十三日、午後六時三十分。北穂高岳から涸沢経由で下ってくる男性登山者は、午後五時には上高地に到着するはずだった。が、一時間以上経過したのに到着しない。男性登山者は午後一時に親しい女性に電話で、あと四時間で上高地に到着するといった。電話を受けた女性は、上高地のホテル白樺荘で待っていると返事をした。だが男性は六時をすぎても到着しなかった。四時間で上高地に着くといったことから、救助隊は翌朝、コースを逆にたどることにした。下山中に事故が起きたとしたら本谷橋へ下る急斜面の頂上付近だろうと見当をつけ、横尾谷に入った。その予測はあたっていて、冷たい水の流れる横尾本谷で男性遺体と赤いザックを発見して収容した。身分証明書や名刺を身に付けていたので、行方不明者届の出ていた青沼将平にちがいないということになった。

行方不明者届を出した戸板久留美は、横尾で待機していて、救助隊が搬送してきた遺体と対面した。陽焼けしてどす黒い顔になっていた青沼に会うと、わっと声を上げて顔をおおったという。

道原は、青沼将平の肩と背中に残った靴跡と思われる黒ずんだ変色をあらためて見て身震いした。上高地で待っている恋人に五分でも早く山を下って会おうとしていた青沼の、後を尾けていた者がいたのではないか。それとも親しげに青沼に近づいて、一緒に下っていた。その人物は青沼に危害を加えようとそのチャンスを狙っていた。ところが、岩稜を這うような絶壁も落ち込み個所もなかった。が、灌木帯にはさまれた細い登山道の左側は断崖という急な下りにさしかかった。そこを青沼が先に下りかけた。一緒に下っていた人物は絶好のチャンスとみて、青沼の背後から彼の背中を蹴った。が、青沼は木につかまったかして転落をこらえていた。相手はどうしても青沼を転落させなくてはならないので、今度は肩を蹴った。不安定な体勢だった青沼はたまらず転落したということが想像できた。

遺体に対して不審を抱いた山岳救助隊は、松本署にも安曇野署にもそれを報告した。松本署は青沼将平の身辺を調べたが、人から恨みをかうような人物ではないとみて、彼の死亡は下山中の事故として詳しくは追及しなかった。

青沼将平の死亡を、道原と吉村は事件性ありとにらんだ。戸板紀之が殺害されたからでもある。つまり戸板家に関連のある災難ではと思われたからだ。

道原たちは、長野市篠ノ井（しののい）のみずき工業を訪ねた。青沼が勤めていた会社である。四角い石の門に社名が彫り込まれていた。そこをトラックが出入りしている。工場は白い四階建てで、屋上では旗がはためいていた。

門の脇の守衛に用件を伝えると、水色の制服を着た若い女性社員が駆け寄ってきて、応接室へ案内された。

すぐに人事担当者がきて刑事の用件をきいた。道原が青沼将平の遭難について詳しく知りたいというと、

「青沼と一緒に、北穂高へ登った社員を呼びましょう」

といって部屋を出ていった。

五、六分経つと、丸顔で肩幅の広い四十歳ぐらいの井坪(いつぼ)という男がやってきた。

「私は、青沼と一緒に、北穂高岳へ計測器の検査に登りました」

と、膝の上で拳をにぎっていった。

青沼の事件には関係がないと思ったが、山の上でどんな検査をしたのかをきいた。

「さまざまな機材を使って、気温や、雪や、風によって、どのくらいのひずみが生じるかを測ったんです。真冬には高い山へはなかなか登れませんので、十月にしたんです。青沼は記録係で、私たち三人は、機材の組み立てや検査機の設置を担当しました」

「下山ですが、どうして四人一緒でなかったんですか」

道原は小首をかしげた。

「一つの検査機のデータを、晴れた日にやるため青沼に残ってもらったんです。私たち三人は少し重量のある機材を運ぶために三人で下ったんです。……青沼がまさか事故に遭うなんて考えたこともありませんでした」

「青沼さんは、登山経験を積んでいた人だったんですね」

「彼は高校生のころから年に二回は北アルプスに登っていたといっていました。北アルプスだけでなく八ヶ岳へもたびたび登っていました」

「北穂を選んだ理由はなんでしたか」

「槍や燕でもよかったんですが、検査機を置ける場所が東西南北と広いほうが都合がいいからです。そのためには北穂山頂が適していそうでしたので」

四人が一緒に下山していれば事件は起きなかっただろう。青沼を本谷へ蹴落とした者がいたのはまちがいなさそうだ。その人物は、彼が単独で下山するのをどこでつかんだのだろうか。

「山行計画ですが、最初から青沼さんが一人で下ることは決まっていたんですか」

「いいえ。検査の手順でそういうことになったんです」

井坪は後悔しているのか、唇を噛んだ。

「青沼さんには、お付合いしていた女性がいましたが、ご存じでしたか」

「知っていました。それまで私は彼女に会ったことはありませんでしたが、青沼は、今春、結婚するつもりだと語ったことがありましたし、彼女は赤石精機の社員だと話したこともありました」

井坪は青沼の葬儀の日、戸板久留美と初めて会ったという。

「北穂から下山する日、久留美さんは上高地のホテルで青沼さんを待っていたんです」

「そうでした。あとでそれを知りました。山から下ってくると連絡した人が到着しなかった。彼女は不吉な予感を覚えたでしょうね」

井坪は伏せていた顔を起こすと、遠いところを眺めるような目をした。

「井坪さんは警察から、青沼さんの肩や背中にできていた靴跡の不審をきかされましたか」

「きかれましたし、写真を見せられました。青沼はだれかに、肩や背中を蹴られたんじゃないかといわれましたし、怨みをかっていたような気配はなかったかともきかれました。青沼は、いくぶん一途な面はあるけど、真面目だし、研究熱心な秀才型でした。酒好きでしたが、他人とのトラブルの噂もきいたことはなかったし、戸板久留美さん以外の女性関係の噂もきいたことはありませんでした」

道原は、青沼の肩と背中の靴跡にこだわったが、井坪は、分からないと、顔を曇らせた。

5

青沼将平が北穂高からの下山中に、何者かによって本谷へ蹴り落とされて殺されたのだとしたら、彼の登山日程は何者か、つまり犯人ににぎられていた可能性がある。

彼の登山日程を知っていた人間は、彼の勤務先であるみずき工業・設計部の部員だろう。北穂へ登ったのは班長の井坪と山岡と西島と青沼だが、それ以外にも彼らの山行日程を知っていた社員は何人もいただろう。部外者で山行日程を知っていたのは恋人の戸板久留美だ。

なんらかの方法で青沼の山行日程をつかんだ犯人が、どんなふうに彼のスキを狙っていたのかを道原は想像した。

彼のスキを狙っていた犯人は、男か女かは分からないが、彼とは顔見知りだったのではないか。知り合いだったので山で顔を合わせたくなかった。そして犯行に凶器を用いたくなかった。山中で人を殺すには凶器は要らない。断崖か急な岩場で、接近して突き落とせばいいのだ。しかし失敗も考慮に入れておかなくてはいけない。顔見知りの者が失敗したら、その晩から枕を高くして眠ることはできなくなる。

青沼のスキを狙っていた犯人は、たぶんみずき工業の社員から青沼の山行日程をきき出したものと思われる。社員に青沼の日常をきいたところ、登山の趣味があることを知った。それで、彼の登山中に凶行を実行することを思いついた。

みずき工業の社員から青沼をふくむ四人が計器の実験に北穂高へ登る日程をつかんだ。そこで犯人は、横尾あたりで待機していたのではないか。そして登ってきた四人の後を尾けた。青沼とは顔見知りなので、北穂へ登って北穂高小屋へ泊まるわけにはいかない。そこで涸沢に幕営して四人が下山してくるのを待つ方法を考えたのではないかと思われる。

四人で登ったのに北穂から三人が下ってきたのを見たときは首をかしげた。青沼だけが別コースを下ったのか、それとも彼が単独で下っていったのを見逃したのかとも思った。だが、一日か二日遅れで下ってくることも考えられたので、待ってみることにした。

この読みはあたっていた。青沼は三人が下った次の日、単独で下ってきた。涸沢ヒュッテの横へあぐらをかいて、にぎり飯を食べた。ザックのポケットからノートらしい物を取り出してメモしていた。生真面目そうに見えた。青沼の動きを注意ぶかく観察しながらツエルトをたたんだ。

横尾までの下りは約二時間。その間にスキを衝くことにして、三、四十メートル後ろを尾けた。

登下山コースは、涸沢と横尾本谷とが交わる真上についている。登下山コース中もっとも高低差のある断崖を左手に見て下る。階段状になった岩に手を掛けて下りはじめた。チャンスはここしかないとみた何者かは、青沼の背中に躍りかかるように接近して、ザックを蹴った。青沼のザックは横にずれた。それで次に背中を蹴った。青沼のからだは登山道から落ちたが、灌木の枝をつかんで転落をこらえた。そこで今度は真上から肩を蹴った。青沼はたまらず空に悲鳴を残して転落した。

顔を見られた。なにかをいわれた。生かしておくわけにはいかないので谷底へ下りた。

青沼は、目と口を開けて死んでいた――

「道原さんは、犯人は青沼の山行日程を、みずき工業の同僚からきき出したんじゃないかっていいましたが、犯人は青沼から直接きいたことも考えられますよ」

吉村の推測だ。

「本人から直接きいた……。そうだとしたら、青沼と親しい人間ということになりそうだが」

道原はデスクに肘をついた。

「そうです。知り合いです。山行日程は、入山日だけ分かればいいわけです。青沼の入山を尾けて、途中でテントを張って、下山を待つ。山行は長期ではないし、他の峰への縦走もないことを知っていたので、涸沢で待機したというのは、あたっていると思います」

それから吉村は、犯人は女性の可能性も考えられるといった。

「肩か背中を、一回蹴っただけでは転落させられなかったのは、地形の問題ではなく、力が弱かったからだと思います。犯人はたぶん少なくとも三回、青沼を蹴っています。最初は背後からザックを、次に背中を直接、最後は肩を……」

吉村の話しかたには熱がこもっていた。

道原は、青沼将平の身辺を詳しく調べることを三船課長に断わった。

青沼の住所は、松本市島内。長野自動車道から西へ三百メートルほどはなれた公民館のすぐ近くだった。三方をブロック塀で囲い、柿の木のある木造二階建ての、わりに大きい家である。家族は、将平の両親と祖母と妹。彼の父親は梓川沿いの大糸製材の社員。母は家の周りで野菜をつくり、その一部を市内の料理屋へ売っている。七十代後半の祖母が畑の草むしりなどをしている姿が近所の人たちの目にとまっている。妹は伊根穂という名で、松本市内では最大規模の相場病院の事務局に勤めている。彼女は現在二十六歳だ。去年の十一月、結婚式を挙げる日取りも式場も決まっていたのだが、兄である将平の事件が起きたために取りやめになった。

隣家の人は、「式を挙げなくても結婚はできたのに、伊根穂ちゃんはお嫁にいかなかった。夫になる人の家から待ったがかかったんじゃないでしょうか」といった。

伊根穂は、アマチュアコーラスグループ「シンシフォン」のメンバーで、年に数回、県や市が主催するコンサートに出演している。

「白や黒のロングドレスでうたうメンバーの姿は、とても美しいけど、すらりとした背の伊根穂ちゃんは目立ってきれいです。彼女を見にくる観客は大勢いるんじゃないでしょうか」

隣家の主婦はそういった。

シンシフォンには将平も加わっている。妹のすすめで参加してメンバーになったようだという。

「青沼さんは一見非の打ちどころのない家族のようですけど……」

隣家の主婦はいいかけて、口を手でふさいだ。

「話してください。秘密は守りますので」

道原は一歩踏み込んだ。

「お酒の癖が問題のようです」

「酒癖。だれのですか」

「将平さんと伊根穂ちゃんです。将平さんはお酒に酔うと、大きな声を出すのを知っていましたけど、伊根穂ちゃんも飲むことが分かりました。ビールの一杯や二杯では酒癖をあらわしたりはしないでしょうが、何杯も飲むうちに、人が変わったようになって、将平さんは人を非難するようなことをいう。それも耳をふさぎたくなるような大きな声を出すそうです。伊根穂ちゃんも似ていて、不平や不満をぶつぶついっていて、そのうちに人につっかかり、男の人でも女の人でも胸倉をつかんだりすることがあるそうです。あるときは、兄妹で市内のお店で飲んでいて、どっちがなにをいったのか分かりませんが、大きな声でいい合いをはじめたそうです。伊根穂ちゃんは日ごろ将平さんにひけ目でも感じていたのか、怨みがあったのか、将平さんに殴りかかった。そのお店の人は兄妹喧嘩だとは思わなかったらしくて、一一〇番通報したんです。二人とも警官に腕をつかまれて、パトカーで家へ送られてきました」

「普段から兄妹仲がよくなかったのでしょうか」

「そんなふうには見えませんでした。日曜なんかに、家族全員で畑仕事をしているのをよく見ました」

「二人は、酒をどのぐらい飲むと大声を上げたり、人につかみかかったりするのですか」

「知りません。わたしは見たことがありませんので。……幼いとき、お人形のように可愛かった伊根穂ちゃんが、お酒に酔って他人につっかかるなんて、わたしには想像できません」

将平の遭難死には不審な点がありそうだが、疑問を持ったことはないか、と主婦にきいてみた。

主婦は首をかしげていたが、

「北穂へは四人で登ったのに、将平さんだけが別行動のようになった。もしかしたら山の上で同僚と争いごとでも起こしたんじゃないかって、主人と話したことがありました」

みずき工業の井坪は、検査の都合で青沼だけが一日遅れて下山することになったといったが、じつは主婦の想像があたっているのではないか、と道原は天井に顔を向けた。

山の上で四人がいい争いでも起こしたとしても、青沼が殺されたこととは無関係だろうと思われる。

道原は、より青沼の日常を知るために、あらためてみずき工業の社員にあたった。その結果、航空機部品部に青沼と大学が同期で、入社も同じ年だった知花という男性社員がいることが分かったので、接触した。

知花は沖縄出身で、太くて濃い眉をしていた。

「私は大学三年生のとき、青沼に北アルプスへ案内されました。それまで高い山は写真でしか知らず、近くで雪山を仰ぎたいと松本出身の青沼に話したんです。二年生のときでした。そうしたら青沼は、毎年夏休みには山へ登っているので、来年の夏、一緒に登ろうと誘ってくれたんです」

「どこへ登りましたか」

「燕岳です。登山の前夜、山のなかの温泉に浸かりましたが、それも初めてでした。温泉に浸かっていたら猿が近づいてきて、まるで湯加減でもみるように浴槽に手を入れていました」

知花は、初登山を思い出しているらしく、目を細めた。登山日は天候に恵まれ、燕岳山頂からの三百六十度の眺望に声を上げた。そして山小屋の大きさにも驚いた。次の年の夏には横尾から槍ヶ岳へ登った。山頂へ登る人が数珠つなぎになっていて、これにも驚いた。長野市のみずき工業に青沼と一緒に就職できたので、毎年一度は一緒に登っていたし、涸沢での幕営も経験したといった。

話しているうちに知花は目をうるませ、唇を震わせた。親友を失って悔しい思いがあらためて込み上げてきたようだ。

道原は、青沼の不慮の死をどう思うかときいた。

「一時、社内では、青沼は殺されたらしいとささやかれていました。上司から、思いあたる点があるかときかれました。思いあたる点なんかありませんて答えました。ほんとうになかったのですから。月に一回ぐらいの割合で一緒に食事しましたが、ほとんど山の話でした。青沼は高校時代から北アルプスにも八ヶ岳にも登っていましたので、その思い出話をよくきかされました」

知花はポケットからハンカチを出すと、目を拭い、鼻に押しあてた。

「青沼さんは、酒に酔うと、大きな声を出したり、人を攻撃するような癖があったそうですが、それはご存じでしたか」

「大きい声を出すのは知っていました。怒りっぽくなるらしいと自分のことをいっていたこともありました。彼にはどうも日本酒がよくないようで、日本酒を四合か五合飲むと、『人間でなくなる』なんていったことがあります。ですので私と会うときは自重していたのか、ビールだけを飲んで酒癖を見せたことはありませんでした。……普段はおとなしいけど、意見はずばっということがありました。……三年ぐらい前でしたが、設計部の各部署から二、三人ずつが出て、検査結果の取り扱いを話し合ったことがありました。データが他社に洩(も)れているのではないかと、上のほうからいわれたからです。そのとき青沼は意見を言いました。極秘事項の取り扱いについて、じつに活発に当社の脆(もろ)い点を衝いていて、私はちょっとびっくりしたし、尊敬もしたものです」

青沼には婚約者がいた。長野市内の企業に勤めている戸板久留美という女性だが、知っていたかときいた。

「青沼の葬儀のとき初めて会いました。二人は今年、結婚することになっていたんです。青沼からは、式に出席してもらいたいといわれていました」

知花は、ハンカチを固くにぎった。

青沼とはどんなところで会っていたのかをきくと、長野駅北口近くの個室がある居酒屋だといった。

知花はその店の名は「戸隠亭(とがくしてい)」だといってから、なにかを思い出したのか首を二、三度左右に曲げた。

「思い出しました。たしか去年の夏です。同郷の男と戸隠亭へ食事にいきました。すると奥のほうの席に青沼がいました。彼は女性と向かい合っていました。私は声を掛けず、彼とははなれた席にすわりました。私たちは一時間半ぐらいで店を出ましたが、青沼と女性はまだ話し合いをしているようでした」

「青沼さんと話し合っていた女性を見ましたか」

「見ました」

「年齢の見当は……」

「三十代半ばぐらいに見えました」

「顔立ちは……」

「面長のきれいな人でした」

「それは平日でしたか……」

「平日です」

「あとで青沼さんに、その女性のことをききましたか」

「いいえ」

「なぜきかなかったんですか」

「なんとなく、深刻な話し合いをしていたように見えたからです。いままでそのことを忘れていました」

戸隠亭で知花は、青沼と話し込んでいる女性のほうを、ちらちらと見ていたのではないか。

深刻な話し合いのようだったというのがひっかかったので、戸隠亭で青沼と女性を見た日を正確に思い出してもらった。

知花は、スマホを操っていた。同郷の友人と会った日がメモに残っているらしい。

「去年の八月二十九日でした。那覇にいる母の誕生日だったので、母に電話をした日でした」

お母さんは何歳かときくと、五十三歳だと知花はいって、太い眉を動かした。

# 第二章　善光寺参り

## 1

みずき工業の一部の社員以外に青沼将平の山行日程を知っていたのは、恋人の戸板久留美だけだろうとみていたが、そのほかに知っていた人がいそうだった。それは去年の八月二十九日に長野駅北口近くの居酒屋・戸隠亭で、青沼と話し込んでいた女性だ。その人の身元も、青沼とはどういう間柄なのかも分かっていないが、長時間、話し合いをしていたらしい。

青沼の同僚の知花の目には、青沼と女性は深刻なことを語り合っていたように映ったという。三十半ばの女性は、青沼に深刻な話を持ちかけていたのだろうか。

道原は、その女性がだれなのかを割り出したかったので、青沼将平の妹の伊根穂に会うことにした。

彼女の勤務先の相場病院へ電話して、会いたい旨を伝えた。彼女はなにか予定でもあってか、少し考えていたようだったが、「お会いできます」と答えた。署へ招ぶと緊張して話しづらいだろうと思ったので、松本駅東口に近いカフェを指定した。彼女の勤め先からも比較的近い。

午後六時の約束だったが、五分ほど遅れて店に入ってきて、二列になっている席を見わたしたので、伊根穂だと分かった。

身長は一六五センチぐらいだろう。細身で丸顔だ。青沼家の隣の主婦は、目立ってきれいだとほめていたが、たしかにととのった顔立ちをしている。グレーの地にブルーの横縞の丸首シャツは似合っていた。勤務先を出るとき、化粧を直したらしく、眉を細く長く描いていた。

吉村が挙げた手を見て駆け寄ってきた彼女は、約束の時刻より遅れたことをまず謝ってから頭を下げた。

「シンシフォンのメンバーだそうですね」

道原は微笑していった。彼女は、「はい」と答えたが、次はなにをきかれるかと警戒しているような目をしていた。

気持ちをなごませるために、いつからシンシフォンのメンバーかときいた。

「高校一年のときからです。同級生のなかにメンバーになっている子がいて、その子から話をきいているうち、入ってみたくなったんです」

「高校には、合唱部がなかったんですね」

「何年か前まではあったそうですけど、教師と生徒のあいだになにか問題が起きたのがきっかけで、廃部になったときいたことがありました」

　彼女は澄んだ声で話した。手を膝の上で組んでいる。ウエートレスが、オーダーしたアイスティーを運んでくると、彼女は軽く頭を下げた。淑(しと)やかな印象があるが、自宅の隣人の話では意外な酒癖があるそうだ。

「私たちは、将平さんの死因について疑問を持っているんです。あなたはどうですか」

「兄の友だちや、会社の人から、山歩きに慣れている者が、転落するようなところじゃないときましたので、なぜ亡くなったのかと疑っています。疑ってもどうすることもできないので、悔しがっているだけです。父も母も、仏壇に向かって手を合わせて、ときどき『いったいなにがあったんだ』なんて、つぶやいています」

「そうでしょう。お気持ちはよく分かります」

　道原がいうと伊根穂は伏せていた顔を上げた。

「兄は、やっぱり、だれかに突き落とされたんですね」

　と、やや険しい目をした。

「殺されたのではとみたので、調べているんです。ですから、お兄さんの行動などで気になることがあったら話してください」

「兄はお酒が好きで、よく飲んでいました。たまにですが、酔って大きい声を出すことがありました。でも、悪意があって大声を上げるわけではありませんでした。酔って人を傷つけたりしたこともなかったと思います」

「将平さんもシンシフォンのメンバーでしたね」

「練習生で、まだ舞台に立ったことはありませんでした」

彼女はわずかに頰をゆるめた。

「去年の八月二十九日のことです」

道原はノートに目を落とした。

彼女はまるで道原のノートをのぞくように背を伸ばした。

「長野駅北口近くの居酒屋で、女性と話し込んでいたようです。たまたまその店へ入った将平さんの同僚が、それを見ているんです。同僚がいうには、深刻な話し合いをしていたようだったそうです」

「女性は、何歳ぐらいだったんでしょうか」

「三十代半ばに見えたそうです」

「では、戸板久留美さんではありませんね」

青沼の婚約者だった戸板久留美は、現在二十八歳だがいくつか若く見えるという。

伊根穂は首を少しかしげ、

「シンシフォンの練習生やメンバーには、三十代の女性が何人もいます」

と小さい声でいった。暗に、シンシフォンの関係者ではなかったかといっているようだ。そのなかの将平と親しそうだった女性はだれか、ときくと、矢口純子と若林さやかという二人とは、お茶を飲んだり酒場へ一緒にいっていたといった。伊根穂は二人の勤務先も知っていた。

矢口純子は、相場病院近くの薬局、若林さやかは南信銀行松本丸の内支店だといった。なぜ二人の勤務先を知っているのかときくと、コーラスの稽古のあと、一緒に飲食したことがあるからだという。

「二人は三十四、五歳です。矢口さんは兄に関心があったらしく、わたしに彼女はいるのかときいたことがありました。兄には婚約者がいるのといいましたら、『そうでしょうね。いないわけないわね』といっていました。……若林さんには離婚経験があるそうです。兄のことをよくほめているので、兄を好きなんだと思っていました」

「将平さんは生真面目そうだったが、発展的なところもあったんですね」

「お酒が好きでしたので、酒場へ誘われると、男性女性関係なく一緒にいくんです」

「久留美さんとは酒場へはいかないようでしたか」

「たまには一緒に飲んでいたようです。ただ久留美さんは、あんまり飲めないんです」

酒を楽しく飲むという相手ではないようだった。

矢口純子と若林さやかに会う前に、私生活をさぐってみることにした。

矢口純子の自宅は、松本市女鳥羽の寛林寺(かんりんじ)横のマンションだった。そこからは松本城の一角が見えた。マンションの家主方の主婦は彼女をよく知っていた。

「実家は、長野の善光寺の近くだそうです。実家へいってきたといって、上品な味のお菓子と、七味唐辛子をいただいたことがあります。……実家にはお兄さんがご両親と同居なさっているそうです。お兄さんは信州大学の事務局のようなところへお勤めになっていて、お子さんが二人いるそうです。……純子さんは、富山大学を出て薬剤師になったときいています。わたしが、『ご結婚は』ってよけいなことをききましたら、『一緒になるつもりの人がいたけれど、心変わりされ、棄(す)てられました』なんて、笑っていました。わたしは、『心変わりするような人となら、一緒にならなくてよかったのでは』といいました」

「松本のコーラスグループに入っているそうですが」

「鼻歌ぐらいしかうたったことがなかったので、大きく口を開けてうたうのは、気持ちがいいっていっていますよ」

「コーラスの稽古のあと、その仲間とお茶やお酒を飲みにいくそうですが」

「刑事さんは、彼女のこと、よくご存じじゃありませんか」

「いいえ。彼女の知り合いからちょっときいただけでしたので。……矢口さんは登山をするようですか」

「登山……。きいたことがありません。登山と事件がなにか関係があるんですか」

主婦は顔を強張らせた。

「いや。参考までにうかがっただけです」

道原と吉村が頭を下げて玄関を出ようとすると、主婦は、

「純子さんは、清潔で真面目な女性ですよ」

と、追いかけるようにいった。

矢口純子の勤務先は「室町調剤薬局」だった。そこの経営者が分かったので、矢口純子の去年十月の出勤状況を尋ねた。十月十三日、彼女はいつもどおり午前九時から午後六時まで勤めていた。このことから下山中の青沼将平を手にかけたのは彼女でないことが証明された。


次に若林さやかの身辺をさぐった。

彼女は、南信銀行松本丸の内支店に勤務している。同銀行へは高校卒業後に入行し、現在三十五歳。二か所の支店に勤務して三年前に松本丸の内支店に移ったことが本店人事部への問い合わせで分かった。

長野市生まれの彼女は二十七歳のときに結婚したが、四年後に離婚した。夫と二人暮らしのあいだは松本市内に住んでいたが、離婚すると銀行を退職し、長野市へ移った。約一年間、善光寺仲見世通りの食品店でアルバイト勤務をしていたが、退職一年後銀行へ再入行の誘いを受けて勤務するようになった。住所は善光寺に近い箱清水のマンション。一人暮らしで、軽乗用車を運転して銀行へ通勤している。

去年十月十三日に出勤しているかを内密に確認してもらったが、平常通り勤務していたことが分かった。

三年前の十二月、彼女は長野南署で事情聴取を受けている。かつて彼女の夫だった竹中政友が交通事故に遭って重傷を負った。それは日曜のことで、夜の八時すぎ、長野市篠ノ井東福寺の千曲川近くの県道を歩いているところを、背後から走ってきた車にはねられた。道端で意識を失っているのを発見した人の一一九番通報によって病院へ収容された。手術を受け、長く入院していたが半身不随になって、以降働いていない。

事件当日の竹中は、事件現場近くの女性の部屋を出たところだった。前日の夜、女性を訪ねて一泊し、歩いて五百メートルほどはなれている自宅へ向かっていたようだ。事件発生の瞬間を見た人はいなかったのか、通報も届出もなかった、県道は暗いので、彼がどのぐらいのあいだ倒れていたのかは分からなかった。

轢き逃げ事件であるのはたしかなので、警察は即座に捜査をはじめた。

竹中を自宅へ泊めた女性が判明した。が、その女性は車を持っていなかった。レンタカーを使用した疑いもあるので、人をはねた痕跡のある車をさがしたが、疑わしい車輛は見つからなかった。

竹中には離婚歴があることが分かった。別れた人は若林さやかだったので、彼女の素行とともに、事件当夜のアリバイを警察はさぐった。

竹中が事件に遭った日のさやかは、松本市内でコーラスの稽古を終えたあと、仲間と居酒屋で飲食していた。

「竹中を車ではねた者は、竹中だと知って歩いている彼にぶつかったんでしょうか」

吉村がメモを見ながらいった。

「その可能性は考えられるな。加害者は、竹中が女性の部屋から出てくるのを、近くで張り込んでいて、何百メートルかはなれた暗がりではねたんじゃないかな」

「そうだとすると、加害者は、竹中と親しい女性の住所、それから竹中が自宅へ歩いていくのを知っていた人間ということになりそうですよ」

「そういうことになるな」

道原と吉村は、戸板紀之が殺害された事件を調べているが、山中で死亡した青沼将平の事件も、三年前の夜、車にはねられた竹中政友の事件も、どこかでつながっているような気がした。

## 2

長野南署に竹中政友の現住所を問い合わせた。彼は車にはねられて重傷を負う前は、長野市篠ノ井東福寺のアパートに住んでいたが、怪我によって働けなくなったことから実家へもどっていることが分かった。そこは善光寺の裏手にあたる箱清水である。

家族は両親で、父親は会社員。半身不随の政友の面倒を母親が看ている。

政友は現在三十七歳。長野市内の建設会社で設計を担当していて、有能といわれていた社員だった。若林さやかと離婚した原因は、政友の女性関係。彼は事件に遭う前日、当時二十三歳の浜本緑の部屋へ泊まっていた。緑が十八歳のときから親しく付合っていたのを、妻であったさやかが察知し、離婚を決意したのだった。

道原と吉村は、竹中政友に会いにいった。その家は古そうな二階屋で、マツとスギとカキの小さな林を背負っていた。

政友は、夏の陽差しがあたっている縁側に、両足を伸ばして猫の背中を撫でていた。道原たちが近寄ると、目を丸くしてちょこんと頭を動かした。

「おからだの具合は、いかがですか」

道原がきいた。

「よかったり、悪かったりで、日によっては起きられなくて、臥せっています」

言語に多少障害があるのか、話しかたがたどたどしい。

「どこかが痛むんですね」

「頭と肩がひどく痛む日があります。きょうは具合がいいほうです」

政友は伸ばした足をさすった。歩行が困難なので車椅子を使っているという。まだ三十代なのに白髪がまじっていた。

「母は買い物に出掛けましたけど、もうじきもどると思います。それまでここに腰掛けていてください」

彼はそういって縁側を軽く叩いた。

事件の話に触れるがいいか、と道原はきいた。

「いまごろになって、なんでしょうか」

政友は不快感を顔に表わした。

「あなたは、生命を狙われたんじゃないかと思いますが、どうですか」

「所轄の刑事さんにも、そういわれました。私を恨んでいたとしたら、離婚したさやかでしょうが、離婚してしまったんですから、彼女は私をどうこうしようなんて、考えないでしょう。それ以外に、生命を狙うなんて考える者は、いないと思います」

「事故直前のことを思い出してください。あなたは県道の中央を歩いていましたか」

「いいえ、左端です。道を歩くときの習慣で、いつも左寄りを……」

「それなのに車はあなたをはねた。そして逃げた。明らかに殺意が感じられるんです。あなたは、ぶつかる前か、それとも直後、その車を見ましたか」

「見てはいないと思います。見ていないと思いますが、夢のなかに、黒い車が浮かぶことがあるんです。黒い車の夢は何度も見ています。その夢を振り返って、もしかしたら、倒れる瞬間に、車を見ているんじゃないかって思うことがあります」

政友の頭を悪夢がよぎったのか、彼はなにかを振り払うように顔の前で手を振った。

道原は、立ち入ったことを尋ねると断わった。

「あなたは、浜本緑さんとお付合いしていたが、あなたの入院中、浜本さんは見舞いにきましたか」

「二、三回きたと思います」

「浜本さんの職業は」

「親戚がやっている製材所の事務員です」

「あなたは、浜本さんとお付合いしていたのに、若林さやかさんと結婚した。結婚後も浜本さんとの関係をつづけていた。浜本さんはあなたに恨みを持っていたんじゃないでしょうか」

「たまに、愚痴をこぼすことがありました」

「浜本さんとは結婚できない事情でもあったんですか」

「それをいわれると、弁解の余地がありません。……大学出で、教養を積んでいそうなさやかを好きになったとき、結婚したいって思ったんです。その思いをさやかに伝えたら、彼女はよろこんでくれました」

「さやかさんとの結婚を、浜本緑さんに伝えましたか」

「話しました。緑は、泣きながら、『勝手な人』と、一言、なじるようなことをいっていました」

だが、別れるとはいわなかったのだろう。政友が会いたいというと、拒まなかったという。

「あなたは、さやかさんと離婚した。当然でしょうが、そのことを緑さんに話したでしょうね」

「話しました」

「彼女は、なんていいましたか」

「おまえとの関係がバレた、といったら、緑は、『そう』といっただけでした。緑は、考えていることや意見を、ほとんど口にしない女なんです。物足りないって思うことがありましたけど、可愛かったので……」

重傷を負った政友は、一か月あまりを経て退院し、実家での静養をはじめた。その彼を緑は見舞いにきたかを道原はきいた。

「きません」

「一度も……」

「はい」

どうして見舞いにこないのだろうか、と道原はいって、政友の顔を見つめた。

「こんなからだになってしまった私を、見たくないのだと思います」

政友は首を折った。

「あなたは、どうなんですか」

「会いたくなったので、三度、姿を見にいきました」

「だれかに連れていってもらったんですね」

「タクシーを呼んで、いきました。アパートの緑の部屋が見えるところにとめて、彼女が出てくるのを待っていたんです」

会いにいったのでなく見にいったのだという。

「彼女の姿を見ることができましたか」

「一度だけ、見ました」

「声を掛けなかったんですね」

「じっとドアが開くのを見ていて、階段を下りていく緑の姿を、見ただけでした。姿を見て、これで緑を諦められると思って、帰ってきたんですが、四、五日経つと、また姿を見たくなりました」

「また、見にいったんですね」

タクシーのなかから日暮れまで緑の部屋のドアを見ていたが、そのドアは開かなかったし、窓に灯りも点かなかった。次の日も同じところから彼女の部屋を見ていたが、ドアは開かなかった。タクシーの運転手は、『あの部屋は空いているのでは』といったので、家主に確かめにいってもらった。すると運転手の勘はあたっていて、緑は引っ越していた。転居先を運転手にきいてもらったが、教えてもらえなかった。

そこで、緑が勤めていた製材所へ電話をしたら、何日か前に辞めたといわれた。

「緑は私から逃げたんです。逃げたんだと思うと、追いかけたくなりました。そのころからです。夢のなかに黒い車が現われるようになったのは」

政友は、話しているうちになにかに気付いたのか、はっと顔を上げ、瞳を動かした。

「刑事さんがおっしゃったように、私は、生命を狙われていたのかも……」

彼は拳で板敷きを叩いた。縁側の端にうずくまっていた猫が目を見開いた。

竹中政友が轢き逃げに遭ったのは、所轄外の事件だったが、道原は放っておけなくなった。彼と親しくしていた浜本緑とはどんな女性なのかを知りたくなったのである。

彼女が勤めていた製材所は政友にきいて分かった。

千曲川に近いその製材所は、丸太を挽(ひ)いているらしい音を響かせていた。丸太が積み上げられた山の上に鳶(とび)を持った人が立っていた。生木の匂いを嗅ぎながら事務室を訪ねた。水色の半袖シャツの男と、黒いTシャツの女性がいた。

「浜本緑さんという人が勤めていると思いますが」

道原が四十歳ぐらいの黒いTシャツの女性にきいた。

「三年ぐらい前に辞めました」

「浜本さんは、こちらを経営なさっている方と親戚関係だったのでは」

「親戚ではありません。ハローワークへ事務員募集を申し込んでおいたら、応募してきた人でした」

勤務振りをきくと、ほとんど欠勤はなく勤勉だったという。

「口数が少なくて、ちょっと暗い感じでしたけど、仕事の覚えが早くて、電話の受け応えも丁寧でした。みんなからは、緑、緑って呼び捨てにされ、可愛がられていました」

自転車で通勤していて、雨や雪の日は歩いて通っていた。

「お付合いしていた男性が、交通事故に遭って、大怪我をしましたが、それをご存じでしたか」

「知りません。お付合いしている方がいたのも知りませんでした。……そういえばうちの社員の一人が緑ちゃんを好きになって、交際したいといったら、彼女に『ご免なさい』と断わられたそうでした。緑ちゃんとお付合いしていた方の怪我は、よくなったんですか」

「いいえ。働くことができないからだになりました」

「まあ。お気の毒に重傷だったんですね。緑ちゃんとは、どうなったんでしょう」

女性は顔を曇らせた。

「彼女は、黙って去っていったようです」

「ここを辞めたのも、その方と別れたからでしょうか」

緑は、製材所を辞めたし、住所も移った。どこへいったか分かるかときくと、新潟へ帰ったのではないかといった。出身地は新潟のどこかをきくと、彼女は棚からファイルを取り出した。

浜本緑の本籍地は、三条市吉田(よしだ)となっていた。

三条市ときいて、道原と吉村は顔を見合わせた。刃物で腹を刺されたうえ、水田へ突き落とされたと思われる戸板紀之を思い出したからだ。それと、三十五年前には鉄道線路に不審な血痕が点々と散っていた。それが三条だったのだ。

浜本緑の履歴書には、製材所へ就職する前に勤めていたところが記載されていた。そこは長野市伊勢町(いせまち)の上条(かみじょう)工務店。

「伊勢町といったら、善光寺のすぐ近くですよ」

吉村がいった。彼は警察学校在学中、何度も善光寺を参詣して仲見世通りを歩いた。そのたびに食事をした店が伊勢町だったという。

緑は工務店でどんな仕事に就いていたのか、そこへいってみることにした。

道原と吉村は、曇り空の下を善光寺へ向かった。

3

善光寺の表参道である中央通りから参道に入った。大寺を護る院坊がぎっしりと並んでいる真っ直ぐの道を、参詣の人や観光に訪れたらしい人たちが、ぞろぞろと歩いていた。道原と吉村は、仁王門をくぐってから右折した。道原は初めて気付いたが、脇寺は道をはさんで二筋になっている。衣を腕まくりした丸坊主の人が早足で歩いていた。

上条工務店の入口は周囲の景観に溶け込んでいて、ほどよく古びた太い柱の引き戸だった。柱に社名が彫り込まれていた。

吉村はガラスの引き戸を入ってから、声を掛けて一礼した。厚い板のカウンターの奥が事務室で、机に向かっている四、五人の姿が見えた。

二十代と思われる女性が出てきた。吉村はその人に向かって、何年か前に浜本緑という女性が勤めていたはずだが、ときいた。

女性は首をかしげたが、後ろを向いて腰掛けている人に話し掛けた。

五十歳ぐらいの女性がカウンターへ出てきて、

「ずっと前ですけど、浜本緑は勤めていました」

と答えた。

道原が一歩前へ出て、浜本緑のことを知りたいのだが、こちらではどんな仕事をしていたのかと尋ねた。

「浜本は、厨房におりました」

「厨房……」

道原はきき返した。

「当社は善光寺さんの補修工事を請け負っていて、二十人ぐらいの作業員が昼食を摂る日がありますし、住み込みの従業員もいます。そういう人たちの食事をととのえる仕事の助手を浜本はしておりました」

緑は住み込みで勤めていたが、どうやら仕事が嫌になったらしく、三条へ帰るといって退職したのだという。

「無口で内気そうでしたけど、野菜なんかを刻みながら、小さい声で歌をうたっていたのを覚えています」

「こちらとは、どういうご縁で働くことになったんですか」

道原は目を細めてきいた。

「長岡のハローワークへ求人申し込みをしておいたんです。うちの社長は、越後の人は真面目で辛抱強いといって、いまでも新潟市や長岡市のハローワークへお願いしているんです」

「では、新潟県出身の方が何人もおいでになるんですね」

「三、四人います」

浜本緑は三条へ帰らず篠ノ井東福寺にアパートを借りて、製材所に勤めていたが、そのことを道原は話さなかった。

女性は顔にかげりをつくると、緑になにがあったのかをきいた。

「彼女の経歴を詳しく知る必要があったものですから」

道原は曖昧な答えかたをして、工務店をあとにした。

工務店の女性は、緑がここに勤めていたのをどこで知ったのかと考えていそうだった。

道原と吉村は、ここまできたのだからと善光寺を参詣することにした。いったん仲見世通りへ入った。道の両側には商店や旅館が立ち並んでいて、参詣の人が行き来していた。

浜本緑もこの参道を歩いて、善光寺を何度か拝んだことがあったのではないかと思った。

山門をくぐった。経蔵と鐘楼が見えた。二十人ほどの団体観光客が小旗を持ったガイドの女性から説明をきいていたので、道原たちはその後ろで本堂を向いて手を合わせた。

善光寺の号は定額山。創建の時期・由来は伝説につつまれて不明だが、七世紀後半には建立されていたと推測され、百済伝来の一光三尊の阿弥陀仏を安置した堂に始まるという。近世以来、この堂を天台宗の大勧進と浄土宗の大本願の二宗の僧侶が護持する。鎌倉時代には北条氏の保護をうけて全盛をきわめ、親鸞・一遍をはじめ名僧が参詣した。戦国期には、武田信玄と上杉謙信の川中島の戦によって荒廃し、弘治年間には本尊が甲府に移される事態も生じたが、一五九八年（慶長三）に戻った。本尊の銅造阿弥陀三尊立像（重文）ほか多くの文化財がある。

本堂は、江戸時代を代表する巨大な寺院建築。現存の本堂は、一七〇七年（宝永四）の再建。正面七間、側面十六間で裳階がめぐる。屋根は棟が丁字型の撞木造り。堂内は奥から阿弥陀三尊を安置する瑠璃壇、開基とされる善光夫妻と善佐の木造を納める三卿の間、内々陣、内陣、外陣からなる。瑠璃壇・三卿の間の下には戒壇とよばれる巡回路がめぐっている。国宝である。

一八四七年（弘化四）三月二十四日夜、大地震が善光寺平を襲った。震源地は善光寺町西方の山中で、規模はマグニチュード七・四と推測。被害は善光寺平一帯におよんだ。御開帳時にあたり、全国からの参詣者であふれていた善光寺町が最大の被害地となり、地震とその後の火災で参詣者七、八千人のうち九割が死亡したという。寺中も、本堂、山門、経蔵は被害を免れたものの、鐘楼堂以下の諸堂および院坊は町家とともに倒壊類焼した。山間部の山崩れも多く、虚空蔵山(こくぞう)では犀川(さい)をふさぎ、四月十三日の決壊は、善光寺平に大洪水をもたらした。壊家は全体で約二万軒、死者は参詣者を除き七千人以上。

「三条へいってみよう」

道原と吉村は踵(きびす)を返した。

「浜本緑に会うんですね」

緑に会うつもりだが、もしかしたら戸板紀之に関する情報でも拾えるのではないか、と思ったのだ。

署にもどって、あした三条へいくことを課長に話すと、電話ですむことではないかといわれた。

「それとも三条署へ連絡して、浜本緑の現況を調べてもらったら」

課長は、道原たちがたびたび出張するのを嫌がっているようだ。道原にそばにいて欲しいからではない。捜査経費が嵩(かさ)むのを気にしているらしいのだ。

「三条で、直接聞き込みしたほうがいいですよ」

シマコがパソコンの画面を見ながらいった。

課長は、彼女をひとにらみすると、刑事課を出ていった。

寝床で雨音をきいたが、起床したときには雨は上がっていた。庭の植木の枝先に露が光っている。

道原はいつもより十分ばかり早く出勤した。吉村はすでに出勤していて、車を洗っていた。

二人はシマコに見送られて三条へ向かった。

「けさのシマちゃんときたら、私らがずっと遠方へいくか、危険な場所へ向かうようなことをいいました」

吉村はハンドルをにぎっていった。

「彼女は、私たちのみやげ話を期待しているんだよ。浜本緑という女性に関心があるんだ。付合っていた竹中が大怪我をしたために、それまでのように会うことができなくなった。何日も、何か月も竹中に会わないうちに、彼に会いたいという思いが遠のいていった。そういう自分を、緑は恐がっていたんじゃないかって、シマちゃんはいっていた」

「親しくしていた相手が大怪我をして、からだの自由が利かなくなった。だからもう会わないとか、別れる、とはいえないものでしょうからね」

署を出るときは薄陽が差していたが、昔は北国（ほっこく）街道と呼んでいた上信越自動車道を北へ進んでいるうちに、空は怪しい色に変わり、三条へ近づいたあたりから小雨になった。

浜本緑の実家はすぐに分かった。稲穂が黄味を帯びている水田のなかにぽつんと建つ古い家で、北側に墓地があった。庭には小屋があるが、柱がかたむいている。カキの木の下の木箱から茶色の犬が出てきて尾を振った。

人が住んでいないのではないかと思うほど、玄関も縁側も固く戸締りされているような家だったが、外から声を掛けると男の声が返ってきた。

玄関の引き戸が音を立てて開き、髪の薄い陽焼け顔の男が出てきた。五十代半ばに見えた。

道原が名乗り、緑に会いにきたと告げた。

男は国光（くにみつ）という名で緑の父親だった。

「緑は、ここにはおりません」

国光はいったが、二人の刑事を家のなかへ招いた。

緑の母親が出てきて、板の間へすわっておじぎをした。

夫婦は、緑になにごとかあって訪れたのかと、身構えるような表情をした。

緑は三人姉妹の末っ子だと分かった。長女と次女は三条と長岡で所帯を持っているという。

長野市に住んでいた緑は、二年半ほど前に住まいを引き払ってきたといって、帰省した。

「年頃の娘が家にいると、出先でなにかあってもどってきたんじゃないかって近所の人は見るもので、可哀相だと思ったけど、また働きに出るようにっていいました。一週間ばかりここにいましたけど、就職先が見つかったようでした。また長野へいったんです。長野では、家具の販売所に就職したと知らせてきました。私たちはいったことがないので、どんな店か知りませんが、なんでも善光寺さんの近くということでした」

再度長野市で働きはじめて一年ほど経つと緑は、結婚することになったと連絡してきた。相手は家具職人で、木工所に勤務している。長野県内の出身だが、家具職人になるため、長野市内の木工所へ見習いとして入り、いまは一人前の職人になっていて、間もなく三十歳になるということだった。

長野市内で結婚式をするので、両親と姉たちに出席して欲しいと知らせてきた。夫になる人は石曽根昭一という名で、その人からは国光宛てに自己紹介の手紙が届いた。真面目そうな人のようだったので、国光夫婦は安心した。

緑の結婚式は長野市内の八幡神社で執り行われた。その日、長野は雪だった。県内の駒ケ根からやってきた石曽根の両親と妹は、長野は寒いといって震えていた。

石曽根の親族と、緑の親族は、話し合いのうえ善光寺参りをすることにした。石曽根昭一と緑以外は善光寺詣は初めてで、その規模に舌を巻き、仲見世通りを珍しげに見物して、みやげを買った。

緑は結婚後一年あまり経った今年の六月、男の子を出産したという。道原たちは、三条へいけば緑に会えるだろうと思っていたので、公簿を見ていなかったのである。

「お子さんが授かったのですか。それはよかった」

道原は国光夫婦にいった。一時は思いがけない大波をかぶって揺れているような緑だったが、落ち着くところへ落ち着いたのだと思った。

石曽根昭一と緑と赤ん坊の住所は、長野市桜枝町（さくらえちょう）だと分かった。

道原と吉村は、邪魔をしたといって立ち上がると、国光が、なぜ緑のことを調べにきたのかと、あらためてきいた。

道原は、緑が数年のあいだ親しくしていた竹中政友のことには、一言も触れず、三条の田圃のなかで死んでいた戸板紀之を知っていたのではないかと思ったので、と、曖昧な答えかたをした。

礼をいって浜本家を出て、車に乗りかけて振り返ると、小屋の横に国光が立っていた。彼の足元に犬がすわっている。二人の刑事を見送っているのではなく、国光は、刑事の訪問の目的に納得がいかなかったようだ。それで緑の現住所を教えたことを後悔しているのかもしれなかった。

雨は上がっていたが、突然、霧のような雨が降り出し、あたりがかすんできた。越後の空は変わりやすいようだ。

4

石曽根姓になった緑を長野市桜枝町の自宅へ訪ねた。彼女は赤ん坊を抱いて出てきた。色白だ。いくぶん腫れぼったい目をしている。刑事の訪問に緊張した表情をしたが、道原が赤ん坊の顔をのぞくと、彼女はにこりとした。赤ん坊は目を瞑っていたが、唇が動いていた。男の子で、生後二か月あまり経ったところだ、と彼女が赤ん坊の顔を見ながらいった。

「よかったですね」

道原は、いくつかの意味を込めていった。

彼は、いいにくいことだがと断わって、竹中政友が被った轢き逃げ事件に触れた。竹中は明らかに竹中だと知っている者に背後から衝突されたと思うが、どう思うかときいた。

「分かりません」

彼女はほんとうに分からないのか、慎重な口調で答えたが、「もしかしたらって思ったことがあります」

といって、赤ん坊の顔から目をはなした。

「どんなことですか。話してください」

道原は彼女のかたちのよい唇に注目した。

「わたしが生まれるずっと前のことらしいのですけど、信越本線の三条と東光寺のあいだの線路に、人の血が点々と落ちていたそうです。鉄道の人がそれを見つけて警察に知らせたということです。警察は、怪我をした人がそこの近くにいるにちがいないといって、さがしたのですが、分からなかったそうです」

緑は、赤ん坊を寝かせてくるといって奥へ引っ込んだが、シャツの襟を直しながらすぐに出てきた。

「あなたは、その話をだれからきいたんですか」

「父からも母からもききました。わたしの家にも警察の方がきて、お茶を飲みながら、不思議な事件だと話していたそうです。……あるとき、わたしはそのことを思い出して、竹中さんに話しました。竹中さんはわたしの話をきいただけでなく、ほんとうにそういう出来事があったかを、三条へいって、何人にも会って確かめてきたんです。列車にはねられて手か足に怪我をした人がいるはずだ。その人がどうして走ってくる列車に近づいたのか分からないが、怪我をしたことを届け出られない事情があるにちがいない、といっていました。わたしは竹中さんに、そんな執念があるのを知りませんでした。竹中さんはその出来事を知るために、二回も三回も三条へいったり、血の痕があった場所を見たりしていたんです」

「竹中さんには、なにか目的があったんじゃないでしょうか」

「そうだと思います。その出来事を詳しく調べて、なにかに書くつもりだったのかもしれません」

「竹中さんはその出来事に、思いあたることでもあったんじゃないでしょうか」

「そうでしょうか」

緑は拳を顎にあてた。

「竹中さんは、三条の鉄道での出来事に頭を突っ込んだために、轢き逃げされたのではと思ったんですね」

「もしかしたらと。……三十年以上前のことですから、そんなことはありませんよね」

緑は首をゆるく振り、刑事の視線から逃げるように横を向いた。

「竹中さんとは、別れる話をつけましたか」

道原は意地悪な質問だと思いながらきいた。緑はなにかにしがみつこうとしてか、胸で手を組んで顎を震わせた。

彼女は竹中が事件に遭って入院しているあいだ、何度かは彼を見舞った。彼は退院すると実家で暮らすことにした。からだが不自由になったので、世話をしてくれる人が必要になったのだった。彼の退院後、彼女は彼を見舞わなかった。彼が実家へいった時点で、彼女は別れを決意したようだ。

奥の部屋で赤ん坊が泣きはじめた。緑は顔を伏せたまま奥の部屋へ駆け込むように消えた。

八月十三日、善光寺の仲見世通りで事件が起こった。黒河内(くろごうち)貫太郎(かんたろう)首相は長野市内のホテルで開催される民信党の決起集会に出席するために長野入りした。午後三時三十分ごろ首相は善光寺を参詣することになっていたので、長野中央署と県警の警備部機動隊は警備にあたった。

警備にあたっていた機動隊員のAは急に腹痛をもよおしたので、近くのコンビニのトイレを借りた。六分か七分してトイレを出て警備地点にもどりかけたところで、トイレ内にホルスターに差し込んだままの拳銃を忘れて出てきたことに気付き、すぐにコンビニへもどった。が、トイレ内に拳銃はなかった。Aは、コンビニの店員が片付けたものとみて男女の店員に尋ねた。二人の店員は知らないと答えた。あわてたAは警備地点へ走り、上司の班長に拳銃の件を報告した。

班長とAはコンビニにもどった。あらためてトイレを点検した。拳銃はAが出たあとトイレに入った者に拾われたにちがいない、と判断した。班長は長野中央署の鑑識係を呼んだ。トイレのドアや内部から指紋を採取した。

班長の頭に去来したのは、首相の安全だった。拳銃には実弾が五発装塡されている。拳銃を拾った者が首相を狙撃することがないとはいえなかったからだ。

首相の善光寺参詣は無事終わり、警備も解かれた。機動隊員Aの拳銃紛失は首相の耳には入れなかった。ホテルでの決起集会はなにごともなく終了した。

夜が更けたが、拳銃に関する情報はどこからも入らず、長野県警は眠れぬ夜をすごすことになった。

八月十四日も十五日も、拳銃は自ら姿を消したかのように現われなかった。コンビニのトイレから拳銃を持ち去った者がいる。Aがトイレを出たすぐあとにトイレに入った者がいるのはたしかだが、コンビニの従業員はその人物を見ていなかったようだ。拳銃を持ち去った者は、冷たく光った拳銃をじっと見つめているのだろうか。

長野県警は、拳銃を失った二十六歳のAの身辺を詳しく調べた。拳銃を置き忘れたと称しているが、じつは売ったのではないかとにらまれた。

しかしAは勤勉で勤務成績は優秀。素行に問題のあるような人物との交際も認められなかった。

八月十六日の午後二時。長野中央署から松本署に地震と落雷が同時に起こったような情報が伝えられた。

善光寺仲見世通りで、赤ん坊を抱いた女性が背後から銃撃された。犯人かどうかは不明だが、駆け出した人物を見たという人は何人かいる。それが男という人もいるし、女だという人もいて、現在、目撃情報を整理している。銃撃の標的にされた女性は救急車で長野広済病院へ運ばれた。撃たれた女性は道路に両膝をつき、抱いていた赤ん坊を駆け寄ってきた人にあずけると、意識を失って倒れた。

二十分後、新たな情報が入った。善光寺仲見世通りの漬け物店「つるぎ庵」の前で買い物をしていた人がタオルに包まれていた拳銃を見つけて拾い、店の人に渡した。店の人はすぐに一一〇番通報した。

それからまた二十分経った。つるぎ庵の前で買い物客に拾われた拳銃は、十三日にAが紛失した銃であることが確認され、実弾を調べた。三発が装塡されていた。

午後四時。女性を撃った銃はAが紛失した拳銃と確認された。弾丸が体内にとどまっていたのである。被害者の容態は重篤、という情報も入った。

午後四時三十五分。拳銃で撃たれた被害女性の身元が判明。長野市桜枝町の石曽根緑。緑が抱いていた赤ん坊は、警察の連絡によって駆けつけた緑の夫の石曽根昭一に渡された。

長野中央署は、松本署の道原刑事たちが十一日に石曽根緑を自宅に訪ねていたことをつかんだ。なにを調べるために緑に会いにいったのかを知りたいといって、北島刑事が若い刑事を連れて道原に会いにきた。北島は、目の大きい髭の濃い男で、道原と同い歳ぐらいに見える。

道原は、緑の出身地と経歴を話した。若い刑事は、道原の話を熱心にメモしていた。

「浜本緑は、製材所に勤めていたころ竹中政友という男と付合っていた。その竹中は三年前の夜、轢き逃げに遭って重傷を負った。彼の怪我が原因で二人は別れた。別れたというよりも緑が竹中を見放したといったほうがあたっていそうですね」

北島はメモを取りながらいった。

石曽根緑は、だれかから生命を狙われていたとは考えられないか、と北島はいう。

「拳銃を拾った者と、緑を撃った者が同一人とはいえませんね」

道原もペンを持っている。

「コンビニから拳銃を持ち去った者が、何者かに渡したということですね」

「拳銃を受け取った者は、緑のスキを狙っていた……」

「彼女は、生後二か月の子どもを抱いた主婦です。生命を狙われるような女性には見えませんが」

「そうですね。そうですが、撃たれた。犯人は、彼女だと知って撃ったんだと思います」

以前、緑と付合っていた男は怪しくないか、と北島はいった。

「竹中政友は、緑に未練があったと思いますが、轢き逃げに遭って、四肢が不自由だし、歩行も困難です」

そういう人が銃を使って素早く身を隠すことはむずかしい、と道原はみている。

「竹中のほかに、緑に対して恨みを持っている者がいたんじゃないでしょうか」

北島は、ペンでノートを叩くようなしぐさをした。

恨みとはかぎらないが、なんらかの理由で緑を傷つけるか殺害しようと計画していた者がいた。

「こういうことは考えられませんか」

北島は一瞬ためらうような目つきをしたが、竹中政友が緑を傷つける行為を、だれかに依頼したのではないかといった。

そういうことがないとはいいきれない。が、竹中が緑を傷つけることを計画しただろうかと、手足が痛む日があるといって、足をさすっていた政友の姿と、緑について話したときの表情を思い浮かべた。彼は緑のことを悔しいとはいわなかった。だが、別れを話し合って決着をつけたわけではなく、実家で静養することになった彼に彼女は会いにこなくなった。だから棄てられたようで悔しかったにちがいない。そして大怪我を負わせた者を心底恨んだだろう。

「私は、竹中という男が、どうも気になります」

北島は瞳を光らせた。「緑は、竹中が怪我をしてしばらくすると、住んでいたところを引き払って新潟の実家へもどった。しかし働かなくてはならないので、また長野へ引き返した。家具の販売所に勤めているあいだに石曽根昭一と知り合って、結婚した。それから当然のように子どもを産んだ。毎日、子どもの顔を見つづけ、乳を与え、夫の帰りを待っている。……からだの自由が利かなくなった三十七歳の男はときどき、いや毎日、緑を抱いた日を思い出している。緑だけがなぜ幸せなんだと思えば、口から火を吐くような悔しさに身もだえするんじゃないでしょうか」

「北島さんは、竹中が緑の暮らし向きをさぐっていたかもしれないと」

「竹中は、不自由なからだにならなかったら、緑との別れの時期がきたとしても彼女への未練を断ちきることができたでしょう」

竹中が、緑の家庭が崩壊するのを見たかったと考えても、おかしくはない、と北島はいうのだった。

竹中は凶行を実行することはできないので、何者かに緑を傷つける行為を依頼した可能性が考えられるといった。竹中政友が執念深い男なら、ともいった。

「竹中に会いにいきましょうか」

道原がいうと、北島は強く顎を引いた。自分の推測が道原に通じたといっているようだった。

道原は、「いくぞ」と吉村を促した。

## 5

きょうも竹中は縁側に両足を伸ばして、猫の背中に手をのせていた。彼の後ろには文庫本が二冊、放り出したように開いていた。

刑事が四人もやってきたので、何事かというように丸い目をした。

北島が名乗ってから、石曽根緑の事件を知っているかと尋ねた。

「石曽根緑……」

竹中は瞳をくるりと回転させた。

「旧姓浜本さんです」

「事件というと……」

「善光寺の仲見世通りで、怪我をされた女性です」

「あのう、銃で撃たれたという……」

「そうです。拳銃で背中を撃たれた。そのとき石曽根さんは、赤ん坊を抱いていました」

「テレビで事件を知ったとき、もしかしたらって思いましたけど、撃たれたのは、やっぱり、緑だったんですか。赤ん坊を抱いていたというから、別人かと思いましたが、彼女だったんですか」

「結婚して、市内に住んでいました」

「テレビのニュースでは、犯人は分からないといっていましたが、まだ分からないんですか」

「分かっていないし、捕まっていない」

「拳銃で撃たれたなんて、どうしてあの緑が……」

「石曽根さんがなぜ被害に遭ったのかも、分かっていません」

「仲見世通りなら、人が大勢いたのでは……」

「犯人を目撃した人がいるはずです」

「赤ん坊を抱いていたということですが、その子は、緑の子なんですね」

「石曽根緑さんのお子さんです」

竹中は、縁側の端にうずくまっている猫のほうを見ると、左手を開いたり閉じたりした。右手は少しも動かさなかった。

四人の刑事はじっと竹中を観察した。五、六分経つと竹中は咳をした。苦しそうに咳をしながら唸り声を洩らした。

「大丈夫ですか」

吉村が腕を伸ばして竹中の背中をさすった。

奥から白髪の女性が出てきた。竹中の母親だった。

「ちょっと出掛けていたものですから」

母親は四人の男たちに頭を下げてから、竹中の顔をのぞき込み、

「咳がとまらないことがたまにあるんです」

といった。

北島が母親に、四人は警察官だと名乗った。

「警察の方が四人も。いったいなんのご用ですか」

彼女は立っている男たちの顔をにらんだ。気が強そうだ。

「政友さんの知り合いだった人が、事件に遭ったものですから、参考までに話をききにうかがったんです」

道原が一歩前へ出ていった。

「事件ですって。どんな事件なんですか」

「善光寺の仲見世通りで、ある女性が怪我をしました」

「ある女性……」

彼女は道原の言葉を遮った。「まさか、ピストルで撃たれた人のことでは」

「そうです」

「そんな、ピストルで撃たれるような人のことを、どうして政友に……」

彼女は噛みつくような顔をした。

竹中が左手で母親のシャツの袖を引っ張った。その顔は黙っていろといっていた。だが母親は引き退がらなかった。

「まさか、政友が、撃たれた人のことを知っていたとでもいうんじゃないでしょうね」

「お知り合いだったんです」

道原がいうと、彼女は竹中をひとにらみしてから、それはほんとうかときいた。

道原がうなずいた。

母親は竹中の左手をにぎると、刑事のいうとおりなのかときいた。

「あとで話すから、お母さんは黙っててよ」

竹中は母親の手をにぎり返した。

「黙ってなんかいられないわよ。あんたを働けないからだにした人間がいるのよ。わたしはいまも毎日、どういう人間があんたを自由に動けない人にしてしまったのかって、考えつづけているし、恨んでいるのよ」

母親は竹中の手をはなすとすわり直し、

「ご免なさい。取り乱してしまいました」

といって頭を下げてから、刑事と話をしたいので、上がってもらいたいといった。

道原と北島は顔を見合わせるとうなずき合った。吉村と若い刑事を竹中の前へ残して座敷へ上がった。

その座敷には、大きい桐の箪笥と船箪笥のような赤黒く塗って黒い金具を付けたケヤキの箪笥が据わっていた。母親は電灯を点けてすわると、

「峰子と申します」

といって、あらためて頭を下げた。

道原と北島も名乗った。

「政友さんは三年ほど前、車にひき逃げされて、大怪我をしましたが、それまで浜本緑さんという女性と親しくしていました。緑さんはアパートで一人暮らしをして、製材所に事務員として勤めていました。……政友さんが退院して、こちらへ移ったことから、自然消滅的に政友さんとは縁が切れました」

道原が話した。

「緑さんという人は、いくつだったんですか」

峰子は寒気をもよおしたのか、両手で胸を囲んだ。

「二十三でした」

政友とはだいぶ歳がちがうと峰子は知っただろう。

「緑さんは、勤めていた製材所を辞めて、三条市の実家へ帰ったのですが、長野が好きなのか、また長野へ出てきて、家具販売所で働いていました。そこで好きな人ができて、結

婚して、今年の六月に男の子を産んだんです」

「緑さんは政友に、結婚したとか、子どもを産んだとかと、連絡していたでしょうか」

「いいえ。政友さんがこちらへもどったときから、なんの連絡も取り合っていなかったようです」

「政友は、善光寺の事件をテレビで知って、驚いたんですね」

「撃たれた女性が、緑という名だったので、もしかしたら浜本緑さんじゃないかと思ったようです。しかし赤ん坊を抱いていたのを知って、別人だろうとも思ったんじゃないでしょうか」

「撃たれたのは、政友とお付合いしていた人だったんですね。……悪い人じゃなさそうなのに、どうして狙われたんでしょう」

「それを目下、調べているんです」

北島が指にはさんだペンを振った。

「わたしも主人も、政友が大怪我をしてもどってきたとき、わたしたちはどうして子どもたちに恵まれないのかって嘆いたものです」

「お子さんは、政友さんだけではないのですね」

道原は、額に深い横皺を彫った峰子にきいた。

「政友の弟がいます。四つちがいです」

どこに住んでいるのかをきくと東京上野の通称「アメ横」という場所で商売をしているらしい。会いにいったことはないし、住所も知らないという。

名前をきいた。幸宏(ゆきひろ)だと文字を教えた。

なぜ、住所や職業を正確に知らないのかときくと、

「お恥ずかしいことですけど、高校生のときに、ちょっと問題を起こして、学校をやめました。一か月ばかりここでぶらぶらしていましたが、東京へいくといって主人とわたしに少しお金をせびって出ていきました。それから二年ばかり音信がなかったのですが、電話をよこして、元気でやっているなんていいました。どこに住んで、なにをやっているのかをききましたら、そのうち教えるといって、電話を切ってしまいました。……それから一年ほど経って手紙がきました。自分の住所も電話番号も書いてなくて、ただ、アメ横で働いている。商売は面白い。そのうち独立する、なんて書いてありました。そのあとは電話もくれないし、手紙もくれなかったのですが、お正月に年賀状をよこしました。それからつづけて年賀状をよこしていますけど、二十三か二十四歳になったときの年賀状には、『嫁をもらった。うまくいってる』と書いてありました」

「今年も年賀状はきましたか」

「きました」

それを見せてもらいたいと北島がいうと、峰子は赤黒い色のケヤキの箪笥の引き出しか

らはがきを取り出した。すぐに取り出したところを見ると、分かるところへ大切にしまっていたようだ。

［謹賀新年　本年もどうぞよろしくお願い申し上げます　東京都台東区上野・アメ横　竹中商店］と印刷してあり、電話番号が刷ってあるだけだった。表書きはボールペンで書いたらしく「竹中重吾（じゅうご）様」とあった。父親の名である。

竹中商店の業種は不明だが、幸宏は独立したようである。

道原と北島は、年賀状の住所と電話番号を控えた。

「政友さんと幸宏さんは、交流がありますか」

道原がきいた。

「ないと思います。政友から幸宏のことをきいたことがありませんので」

「兄弟仲がよくなかったのですか」

北島が首を左右に曲げながらきいた。

「仲が悪かったわけではありませんが、政友はよく勉強する子でしたけど、幸宏のほうは学校から帰ってくると鞄を放り出して、遊びにいっていました。幸宏は勉強で分からないことがあると、兄にきくという子でもありませんでした」

道原と北島は縁側へもどった。二人の刑事は政友をはさんで縁側に腰掛けていた。

道原は、自由にからだを動かせなくなったという政友を観察した。三年前まで、政友が訪れるのを心をときめかせながらアパートで待っていたにちがいない緑の姿を想像していた。その緑が黙って彼のもとをはなれていき、やがて結婚して、幸せそうな生活をしている。政友はそのことを両親には知らせず、弟の幸宏に話したということはないだろうか。

# 第三章　夜の参道

## 1

石曽根緑に面会できる、と北島から道原に連絡があった。一時は重篤という容態だったが、銃弾が肺などに達していなかったので回復が早かったという。「若いということと、なによりも子どもを思う気持ちの強さが、回復を早めた」という医師の見解も、北島は電話で伝えてきた。

道原と吉村は、緑を見舞うことにした。会話が可能なら、ききたいことが山ほどあった。

長野中央署で北島に会い、一緒に長野広済病院へ向かった。

白い病院は晩夏の陽差しをはね返しているようだったが、けさは秋が近づいたことを思わせる風が、ナナカマドの街路樹をそよがせていた。

緑は六階のナースステーションに近い特別室に入っていた。部屋の前には警官がいて、北島たち四人を見ると椅子から立ち上がった。

病室には看護師が二人いたが、刑事たちを迎えると、患者に声を掛けてから部屋を出ていった。

緑のからだには厚手の白いタオルケットが掛けられている。四人の刑事がベッドに近づくと、彼女は枕の上で顔を動かした。メガネを掛けた長身の医師が入ってきた。

「石曽根さん。大丈夫ですね」

と医師は緑にいってから、刑事たちに一礼して部屋を出ていった。医師は緑の体調と精神状態をうかがったのだろう。

大柄な看護師がやってくると、ベッドの上半身を少し上げた。話しやすくしたらしい。

緑は、道原と吉村を見て、また首を動かした。

「えらい目に遭いましたね」

北島がいうと、彼女は、「はい」と口を動かした。

「私たちは、犯人を挙げるために捜査しているので、あなたに話をききにきたんです。話ができますか」

「大丈夫です」

かすれ声だがはっきりきこえる声で彼女は答え、肩に垂れている髪をつかんだ。

「あなたは、あなたを知っている者に撃たれたんじゃないかと思う。犯人に心あたりがありますか」

彼女は首を横に振ってから二、三分黙っていたが、

「けさになって、思い出したことがありました」

と、真っ直ぐ前を見ていった。

「どんなことを……」

「三条の母に漬け物を送ってと頼まれたので、その店へいこうと歩いていたら、知らない人に名前をきかれました」

「名前を。……なんて」

「たしか浜本緑さんではときかれました」

「それは、何日ですか」

「十六日です」

撃たれた日だ。

「旧姓をきいた。あなたはなんと答えましたか」

「そうですけど、といったような気がします」

「名前をきいたのは、男、女……」

「女性です」

何歳ぐらいの女性かときくと、二十代半ばぐらいではないかと思うといった。

「体格や服装を憶えていますか」

「背はわたしと同じぐらいでした」

緑の身長は一六二センチだ。

名前を尋ねた女性は、全身黒ずくめだったような気がするといった。

「その女性に見憶えはないんですね」

「どこかで会ったことがあったかもしれませんけど、憶えていません」

「顔を見たでしょうね」

「見ました」

「名前をきかれたあなたは、相手の名をきき返さなかったんですか」

「わたしは、なにかいおうって思いましたけど、その人はすっと消えるようにいなくなりました」

緑は、母に頼まれた漬け物を買うつもりで観光客をよけながら歩いていた。漬け物の店に近づいたところで、背中に強い衝撃を受け、路上に両膝をついた。駆け寄ってきた年配の女性に抱いていた赤ん坊を手渡した。そこで意識が途切れたので、たぶん振り向きもしなかったろうという。

八月十六日は、お盆参りの参詣者で仲見世通りには大勢の人がいたはずだ。人垣のようなあいだからはたして狙い撃ちができたろうかと、道原は緑の蒼ざめた顔を見ながら首をかしげた。そのときの仲見世通りには目撃者がいたと思われるが、いまのところ名乗り出た人はいなかった。

さっきの医師が入ってきたところで、北島は緑への質問を打ち切った。

緑が買い物をしようとしたのは「つるぎ庵」という漬け物店だった。その店は仲見世通りの南端で仁王門に近かった。仲見世通りの中心部からはずれているからか、観光客の数はずっと少ない。緑はその店へ近づいた地点で狙撃された。犯人は観光客にまぎれて移動する緑を尾け狙っていたにちがいない。彼女を撃つと、銃は無用の長物と化した。そのために歩きながら仲見世通りの店の前で棄てたのだろう。これも目撃した人がいそうだが、いまだに届け出がない。

石曽根緑狙撃事件を扱う長野中央署と北アルプスで何者かに突き落とされた青沼将平事件を扱う松本署は、合同捜査に踏み切った。

石曽根緑が道原たちに、三十五年前に起きた三条の鉄道線路での出来事を、竹中政友が調べていたと語ったことがあった。鉄道線路に血痕が点々と散っていたのに、怪我をした人の届け出がなかったという出来事だ。なにかの折りに三条出身の緑が竹中に話した。話をきいた竹中は、その出来事に強い関心を持ったらしく、三条へいって何人もに会い、その事実を確かめたようだった。

三年前のことだが、竹中は夜間、車にはねられたのが原因で不自由なからだになった。

今年の八月五日には、松本市の戸板紀之が三条の水田で殺されて、翌朝発見された。戸板はなにかをさがすか調べるために三条へいったようだ。

そして八月十六日には三条出身の緑が狙撃された。

なんとなく三条にかかわりを持った人たちが災難に遭っているように思われるということから、両署は垣根を越えて捜査し、情報を交換することになったのである。

道原と吉村は二日つづきで石曽根緑を病院に見舞った。かたちは見舞いだが、事件に関係する話をきくための訪問である。

一階の待合室には大勢の人がカウンターを向いて長椅子にすわっていた。すわっているのは患者だけではない。患者に付添ってきた人たちもいるのだった。すわっている人の八十パーセントぐらいが高齢者だった。

「以前は、病院に入ると、薬品の匂いがしましたけど、最近は、どの病院も薬の匂いがしなくなりましたね」

吉村がいった。

「そうだな。それはだいぶ前からだな」

六十代に見える背の高い男性が、高齢の男性を乗せた車椅子を押していた。車椅子の人は痩せていたが、顔立ちが長身の人とよく似ていた。

エレベーターを六階で降りた。道原たちの前を、白衣の男が三人、話しながら通った。ナースステーションで身分証を見せて石曽根緑を見舞うことを断わった。

張り番の警官に、「ご苦労さま」といって病室へ入ると、話し声がきこえた。看護師が緑と会話していたのだ。

緑は上半身を四十度ぐらいに起こしていた。前日より顔色がよくなったように見えた。傷が痛むかときくと、「少し」といって眉根を寄せた。

「お子さんには、毎日会っていますか」

「夕方、主人が連れてきてくれます。昼間は主人が勤めている木工所の奥さんが見てくれているということです。さっき先生がきて、あしたから大地(だいち)とここにいられるようにするといってくださいました」

「大地ちゃんという名ですか」

道原は目を細め、少し質問するがいいかと断わった。

「善光寺の仲見世通りで、あなたに名前をきいた人がだれだったかを、思い出しましたか」

道原は折りたたみ椅子に腰掛けた。緑の顔と同じぐらいの高さになった。

「いいえ」

彼女はゆるく首を振った。

「二十代半ば見当の女性ということでしたが、その人はあなたとどこかで会っていたんだと思う。だからあなたに近づいて、名前を確かめたんです。あなたを傷つけるために。旧姓をきいたのだから、あなたが結婚する前に会った人じゃないだろうか」

緑は、乾いた唇を軽く嚙んだ。

「わたしは、悪い女ということでしょうね」

彼女は唐突に独り言のようないいかたをした。

何年間も親しくしていた竹中政友から見たら、という意味ではなかろうか。

「竹中さんとは、話し合って別れようとは思わなかったんですか」

「思いました。怪我をした彼が実家へいってからですが、話をしようと、彼の家の近くまでいきました。けど、別れたいなんていえなくて、彼に会わずもどってしまいました。一日二日経って、またいきましたけど、やっぱり駄目でした」

「怪我をした竹中さんの姿を見にいってますね」

「彼が運ばれた病院で見ました。最初にいったときの彼は意識がなくて、声を掛けたけど、目を開けませんでした。そのあと三回、お見舞いをしています」

「あなたは、竹中さんになんの連絡もせず、アパートを引き払った。竹中さんは、あなたの姿を見たくて、アパートの近くへいってあなたが出てくるのを待っていたこともあった。そしてあなたが引っ越したのを知った。あなたに棄てられた悔しさに、泣いたかもしれない」

緑はタオルケットの端をつかむと引っ張り上げ、顔に押しあてた。タオルケットのなかでなにかいったが、言葉はきき取れなかった。

道原は椅子から立ち上がった。

吉村は、顔を隠した緑を突き刺すようににらんでいた。

車にもどると吉村は、ハンドルに手を置いて、緑を撃たせたのは竹中政友ではないか。彼は自分では実行できないので、だれかにやらせたことが考えられるといった。

善光寺での事件発生の前に、女が緑に近寄って名前を確かめている。その女が狙撃犯ではないか、と道原がいうと吉村は、拳銃で撃ったのは男で、その男が女に名前を確かめさせたような気がするといった。

「緑を傷つけるか殺そうとする者……」

道原がつぶやくと、吉村はやはり竹中が怪しいといい、彼の弟幸宏の素行をさぐってみたいといった。

「竹中を車で轢き殺そうとしたのは、緑かもしれませんよ。彼女が実行したのでなく、だれかにやらせた。彼女は竹中と別れたがっていたが、竹中が承知しなかった。それをだれかに話したら、轢き逃げという方法があるといった。……一方、竹中は、怪我をさせたのは緑ではないかと疑った。疑ってみると怪しい点がいくつもあった。そこで報復の手段を考えた」

吉村は、緑の記憶を見抜いたようないいかたをした。

「弟を洗ってみるか」

「上野へいきましょう」

弟の竹中幸宏は、上野のアメ横で商売をしているということだった。

2

道原と吉村は、列車で東京へいった。道原が東京出張を申請すると三船課長は渋い顔をしたが、仮払い書にハンコを押した。

「ここへくるのは十年ぶりだ」

道原はそういって山手線の御徒町(おかちまち)駅で降りた。

吉村は、毎年年末の大売り出しのテレビニュースでしかアメ横を知らないといった。

二人が横に並んでやっと通れるほどの細いアーケード街へ入った。両側の店のライトがまぶしい。買い物客なのか見物客なのか若い人が、通路の両側にずらりと並ぶ店のなかをのぞいている。アクセサリーの店、時計の店、衣料品の店、靴の店、漢方薬の店、菓子の店、古着の店、タイ焼きの店などがぎっしり詰まっている街だ。食べ物屋も、怪しげなおもちゃを売っている店もある。

靴の店の男に、竹中商店はどこかときくと、「知らない」といわれたが、この先のアクセサリーの店のおばさんにきくといい、と教えられた。

アクセサリーの店のおばさんは、椅子にでんとすわってタバコをくわえていた。竹中商店はどこかと尋ねた。

「竹中商店。きいた憶えがある」

彼女は銀色の鎖で吊ったメガネを掛けると、腰掛けたまま棚へ腕を伸ばしてクリアファイルを引き抜いた。

「分かった。この奥へ十メートルばかりいって左へ曲がる。四、五軒目の右にシャツの店がある。そこだよ。大将は若いけど、やり手らしい」

道原が礼をいうと彼女は、「千円でいいよ」といった。案内料だ。道原は吉村に目顔で合図した。吉村は、「ありがとう。助かりました」といって二つ折りにした千円札を渡した。彼女は札の皺を伸ばすと、

「警察の人……」

ときいたが、道原も吉村も彼女を振り返らなかった。

竹中商店の入口近くには、ハンガーで吊った白いTシャツがずらりと並んでいて、その奥に柄ものの開襟シャツが並べられていた。その店は両側の店よりずっと広い。

色白の若い男がなにもいわず後ろで手を組んで立っていた。客は一人も入っていない。

竹中幸宏さんに会いたいというと、男はくるりとからだを回転させて、

「社長。お客さんです」

と呼んだ。

二、三分経って、髪を短く刈った丸顔で小太りの男がカーテンを開けて出てきた。目のあたりが政友に似ていた。

道原が名乗って、長野市の政友に関することをききにきたと告げた。幸宏は二人の刑事の全身を見るような目つきをしてから、

「せまいところですが、こちらへ」

といって、水色のカーテンの奥へ招いた。

たしかにせまい部屋だ。小ぶりのテーブルと椅子があり、戸棚が立っていた。幸宏はテーブルの上の書類と計算機を片付けた。

「ご商売はご繁昌のようですね」

道原がいった。

「この店は繁昌とはいえません。扱っているのが安い物ばかりですので」

幸宏は、じっと道原の顔を見て答えた。

「ほかにもご商売をなさっているんですか」

「この通りの突き当たりで、古着の店をやっています。そこはまあまあといったところです。鶯谷でホテルをやっていますが、そこはうまくいっています」

彼はそういうと顔を撫でた。鶯谷のホテルといったらラブホテルにちがいない。

「お兄さんには、たびたびお会いになっていますか」

「たびたびなんて会っていません。兄があんなからだになってしまったので、母が苦労しています。……刑事さんは兄のことをといわれましたが、私にどんなことを……」

幸宏は能面のように表情を変えず、道原の顔から視線を逸らさなかった。

「八月十六日のことですが、善光寺の仲見世通りで、女性が撃たれました。その事件はご存じでしょうか」

「知っています。テレビのニュースでもやっていたし、新聞でも読みました」

「竹中さんは、被害に遭った女性をご存じでしたか」

「知りません。なぜそんなことを、私におききになるんですか」

彼は少し、胸を反らせた。

「被害者は石曽根緑さんという名前です。その女性は何年間もお兄さんの政友さんとお付

「合いしていました」

「兄と……。それは知りませんでした」

「政友さんが大怪我をしなかったら、緑さんとは結婚していたかもしれない」

「そうですか」

幸宏は首をかしげた。いったいなにをききにきたのだといいたそうだ。

「政友さんは轢き逃げされた。故意にやられたものとみられています。あなたは政友さんから轢き逃げ犯人について、なにかおききになったことはありませんか」

「犯人の目星のようなことをですか」

「ええ」

「兄は、『おれはだれかに恨まれていたんだろうか』といったことがありましたが、犯人の見当なんかはつかないようでした。……今度の緑さんという人の事件、もしかしたら兄を轢き逃げしたやつと同じということも考えられますね」

幸宏は腕を組み、片方の手で顎を撫で、首を左右に曲げた。どうやら刑事の肚をさぐっているようである。

政友と緑を恨んでいたとしたらどういう人間だろうか、と道原は首をひねった。

「兄には離婚経験があります」

「知っています」

「兄と別れた彼女、兄を恨んでいないでしょうか」

幸宏は、道原の顔から視線を逸らすと、天井に目を向けた。

「あなたは、政友さんと結婚していた女性をご存じですか」

「結婚式の一か月ぐらい前、結婚式と披露宴、そのあと二回ぐらい会っています。頭のよさそうな女性でしたけど、兄は妻になった彼女のことを、身勝手なところがあるといったことがありました。私は、兄のほんとうの離婚原因を知りません。もしかしたら彼女は、兄を恨んでいるかも……」

幸宏は天井に顔を向けたままいった。

幸宏に電話が入った。彼はスマホを耳にあてたまま、テーブルの隅に重ねた書類のなかから一枚抜き出すと、建築物の寸法のようなことを答えた。

道原と吉村は椅子を立って、電話中の幸宏に頭を下げた。

雨が降りはじめた。ライトがまぶしいアーケード街を抜け、御徒町駅へ飛び込んだ。日中なのに山手線の電車は混雑していた。二駅目の鶯谷で降りた。

駅近くの線路ぎわにホテルが並んでいた。紅いレンガ造りのホテルに入った。廊下は薄暗いが小さな窓から灯りが漏れていた。そこへ首を突っ込むようにして声を掛けた。肥えた中年女性が額に皺を寄せて、

「なんでしょう」

ときいた。

「この付近に、竹中幸宏さんという方がやっているホテルがあるそうですが、それがどこかを知りたいんです」

吉村が顔を斜めにして尋ねた。

「ここではありませんが、分かると思いますのでお待ちください」

女性は背中を向けて電話を掛けた。

「分かりました」

女性は小窓に近寄って、竹中という人がやっているのはこのホテルの裏側にあたる「サンレモ」というホテルだといった。

出口の横にカップルが隠れるように壁を向いていた。

サンレモはクリーム色の壁で、入口だけを緑色に縁取りしていた。なかへ入るとパネルの壁があって空室だけが明るくなっていた。このホテルにも小窓があった。四十歳ぐらいの女性が用件をきいた。

吉村が、ここの経営者は竹中幸宏かときいた。

「そうですけど」

女性は目つきを変えた。

ききたいことがあるというと、なかへ入ってくださいといって奥のドアを開けた。その部屋は事務室のようになっていてクーラーが利いていた。

「なにかあったんですか」

女性は胸に手をあてた。

「このホテルは竹中さんがはじめたんですか」

吉村は低い声できいた。

「竹中さんが社長になったのは二年前です。竹中さんは社長ですけど、オーナーはべつにいるようです。竹中さんが社長になると、このホテルを改装しました。建物は築二十年以上経っているそうです」

女性は、改装されてから勤めているといった。

「竹中さんは、ここへは毎日きますか」

「毎日ではありません。一日おきか二日おきです」

「八月十六日はどうでしょう」

彼女は壁の大きな字のカレンダーを仰いだ。

「十六日は、夕方見えました」

「夕方というと、何時ごろですか」

「六時ごろでした。そのぐらいの時間に見えることが多いんです」

「大事なことなので念を押しますが、竹中さんが十六日の午後六時ごろここへきたのはまちがいないですね」

「まちがいありません。その日は三階の部屋のバスルームの故障を専門の業者に直してもらっていました。その作業が終ったのが七時すぎでしたけど、社長は三階へいって、その作業を一時間ばかり見ていました」

善光寺仲見世通りの狙撃事件発生は午後二時だった。事件後、車を飛ばせば午後六時にはここへ着けるのではないか。それを道原が小さい声でいうと、

「順調に走ることができれば、午後六時ごろには着けたと思います」

吉村も小さい声で答え、ノートにペンを走らせた。

ホテルの外へ出ると道原は長野中央署の北島に電話した。竹中政友の弟の幸宏を疑ったいきさつと、幸宏が八月十六日の午後六時ごろに、鶯谷のサンレモというホテルへあらわれたことを伝えた。

「そのホテルに着くまでは、どこにいたのかを知りたいですね」

北島にいわれるまでもなく、道原はそれを調べるつもりだった。

アメ横のシャツの店をのぞいた。若い店員の姿はなく、椅子にすわっている竹中だけが見えた。斜めの位置からシャツの店を見ていたが、店員の姿は視野に入らない。どうやら

帰ったようである。

ここまできたからには八月十六日の竹中のアリバイをどうしても確かめなくてはならないので、道原と吉村は上野のホテルに一泊することにした。

小雨のなかを歩いて、上野駅前へ出ると、白い建物の上野駅を眺めた。

一九六〇年代には、東北や信越地方から四十万人もの「金の卵」と呼ばれた集団就職の中学卒業生が、上野駅に降り立ったのだった。

「なにを見ているんですか」

吉村が傘をさしかけた。

「上野駅を見るのは何年かぶりだ。ここを見ると思い出す人がいる」

道原はそういっただけで東を向いた。上野署の前を通って浅草通りを三、四百メートル歩いたところで北のほうへ曲がった。吉村が「ここは」と小さく叫んだ。道路の両側に寺院がぎっしり並んでいるからである。

3

夕食を摂るには少し早かったが、紺の暖簾をかけている居酒屋へ入った。すでに酔っているらしく大きな声を出している客がいた。テーブル席は衝立で仕切られていた。

まずジョッキの生ビールをもらって、イカ大根と和牛のキムチ炒めをオーダーした。

「さっき、上野駅の建物を見ながら、思い出す人がいるっていいましたが、どんな思い出が」

吉村が唇についたビールの泡を指で拭った。

「安曇野署が豊科署だったころに、ある年配の男性と出会った。ちょっとした事件の参考に話をききにいったのがきっかけで、知り合いになって、豊科駅前の『くりの家』で、何度か一緒に食事をした。清宮順吉という老人で、無職。ヘチマのような長い顔で、いつも目だけがキラキラ光っていた」

「その清宮さんと上野駅が、なにか関係があったんですか」

「清宮さんは、子どものころ、東京の本所というところに住んでいた。……昭和二十年三月十日の未明、米軍機の大空襲をうけて、本所界隈は火の海になった。清宮さんの家は、お母さんと、姉さんと、妹さんの四人暮らしだった。お父さんは屋根葺き職人だったそうだが、戦争が嫌いで、兵役に取られるのが嫌で、仕事中に屋根から落ちて怪我を負ったと嘘をついて、いつも白い布を腕に巻き、首から吊っていたという。そのために召集令状はこなかったのだが、昭和二十年になってその嘘がバレ、陸軍に引っ張られていき、どこへ連れていかれたのか家族には知らされなかった」

道原は一口ビールを飲んだ。

「戦地へ連れていかれれば、死ぬのを覚悟しなくてはならないという時代だったでしょうから、兵隊に取られたくないという人は、清宮さんだけではなかったでしょうね」

「清宮さんのお父さんは、たぶん最前線へ送られて、戦死したのだと思う。だが、どこで戦っているのか家族には知らされないうちに、三月十日の大空襲をうけて、自宅には火の手が迫った。そこで家族四人は家を飛び出した。と、その瞬間に、逃げまどう群衆の渦のなかへ巻き込まれ、お母さんと姉さんを見失ってしまった。順吉少年は妹の手をにぎって、母や姉をさがしたが、見つけることができなかったし、右からも左からも火の手が迫ってきて、逃げるのが精一杯だった。朝になった。周囲からは煙が立っていて焼け野原になっているのが分かった。……順吉少年と妹は、なにも食べずなにも飲まず、焼け跡のなかを母と姉をさがしてさまよった。母と姉も、無事なら順吉少年と妹をさがし歩いていたはずだ。……ずっと後になって分かったことだが、お母さんは焼死したということだった。姉は母とはぐれてしまったのか、行方不明ということだった」

「その後、兄妹は食べ物をどうしたんでしょうか」

「世のなかには奇特な人がいるもので、二人がさまよいながら上野駅の近くに着くと、蒸(ふ)かした芋を飢えている人たちに与えている人がいたそうだ。清宮少年も妹も芋を食べ、両方のポケットに芋を入れて、上野の駅舎に入って、抱き合っていた。するとそこへ避難する人が次つぎ押し寄せ、すし詰め状態にされた。清宮兄妹は危険を感じてそこを逃げ出して、現在のアメ横あたりに逃げ込み、倉庫のような暗い場所で何日間かをすごしたというんだ」

「当時、清宮さんは何歳だったんですか」

「国民学校初等科五年生で十一歳。妹は九歳だったそうだ」

「二人は、食べ物に困ったでしょうね」

「一日一食だったが、食べ物を売っている店へいって、おねだりしていたんだ。八百屋から野菜を万引きして、生でかじっていた日もあったそうだ。やがて五月、六月と暖かくなった。冬に向かう時季だったら、二人は凍死していた、と清宮さんは語っていた」

「二人には住む家がない。学校にもいかない。くる日もくる日も、食べ物のことばかり考えていたんじゃないでしょうか」

「そういっていたな、清宮さんは。……やがて終戦になった。だが清宮兄妹にはなんの変化もなかった。当時、上野駅とその周辺には身寄りを失った子どもが大勢いて、浮浪児と呼ばれていた。浮浪児狩りというのがあって、役所の人がトラックでやってきて、子どもたちを乗せて収容施設へ連れていったんだ。そこへ入れば毎日の食べ物には困らないが、窮屈な思いをするので、そこを逃げ出す子どももいたらしい。しばらくのあいだ、野宿をして、自由気儘(きまま)に動きまわっていると、規則を強いられるのが苦痛になるんだな」

「食べさせてもらえればいいっていうものじゃないんですね。清宮兄妹は施設には入らなかったんですか」

吉村は、兄妹の暮らしかたに興味を抱いたらしく、タイのあら炊きをつつきながら日本酒をちびりちびり飲（や）った。

「施設には入らなかったんだ。上野駅の地下道に寄りかたまっている子どもじゃなくて、倉庫のようなところに隠れていたから、浮浪児狩りの対象にならなかったんだ。……秋風が吹くようになったころ、二人がひそんでいることが知られ、倉庫のオーナーがやってきた。二人がどういう境遇かは一目で判断できたらしいオーナーは、清宮兄妹に歳をきいた。清宮少年は直立して年齢を答え、三月の大空襲で家族と別れてしまったことを話した。オーナーは西城（さいじょう）という名で、東京大学のすぐ近くの門構えの立派な家に住んでいた。二人は車でその家へ連れていかれた。清宮少年は、なにをされるかと気を揉んでいたが、西城は二人をまず風呂に入れた。その風呂場は銭湯のように広かった。頭に手拭いをかぶり、着物の尻をまくり上げた女の人が入ってきて、清宮と妹をごしごしと洗って、爪を切った。清宮は生き返ったような気分になったが、緊張は解けなかった。彼と妹は何か月ぶりかで、グラスに注がれた透明の水を飲んだ。水を飲み干すと、母と姉を思い出して泣いた。妹も清宮にしがみついて、声を上げて泣いた。西城はなにもいわず、とめどなく涙を流す兄妹をじっと見ていたというんだ」

「西城って、出来た人間のようですが、何者だったんですか」

「後に分かったが、アメ横に十軒ぐらいの店舗を所有していて、主に海産物を扱う事業を展開していたそうだ」

「清宮兄妹は、いい人の目にとまって、幸運だったのではありませんか」

清宮順吉と妹の頼子は、西城家から近くの小学校へ通うことになった。

これも後で分かったことだが、西城には男の子と女の子がいたが、二人とも十代のときに肺炎で死亡したということだった。

「西城という人は、倉庫の隅にうずくまっていた清宮兄妹を見て、世話をしてやろうという気になったんですね」

「倉庫で清宮順吉と頼子を見て、助けてやりたくなったのか、それとも見込みのある男になりそうだと読んだんじゃないかな」

道原は、何度もくりの家で向かい合った順吉の長い顔を思い出した。

西城は順吉に、母と姉をさがす方法を教えた。役所に問い合わせをしてくれたが返事がこなかったので、焼け残ったあちらこちらの建物の壁にある「尋ね人」の貼り紙を見るようにといったのだった。

順吉は毎日、朝食をすませると、貼り紙を見るために出掛けた。順吉は頼子とともに学校へ通わねばならなかったが、母と姉の消息を手繰るのを優先した。

順吉が上野から浅草界隈を歩いて一か月ほど経った。浅草の商店の壁で「清宮直子」の名を書いた紙を見つけた。それには、「清宮直子・十四歳は、蔵前の十仁病院にいる」と書いてあった。順吉はその病院へ走っていった。

直子は怪我でもして入院しているのだろうと思った。歩いている人に二、三度きいて、病院へ着くことができた。「清宮直子はどこですか」と、病院の受付の人に大きい声できいた。「清宮直子……」受付の人は首をかしげた。すると受付の奥から女の子が顔をのぞかせた。それが直子だった。彼女は病院で洗い物などの手伝いをしていた。順吉は直子に飛びついた。

直子は病院で暮らしていた。

「おかあちゃんは……」順吉は姉にきいた。

直子は順吉を抱きしめて、「おかあちゃんは、火傷して、死んだの」といって、服のポケットから小さな布切れを出して見せた。それは母のモンペの紐の端で、焦げ跡があった。

順吉は西城家へ歩いて帰った。夜になっていた。頼子は食堂の椅子にすわり、ご飯を前に置いて、順吉の帰りを待っていた。

「姉ちゃんに会ったよ」順吉がいうと頼子は、「おかあちゃんは」ときいた。順吉は頼子の肩に手をかけて、母が死んだことを話した。

次の日、順吉は西城に姉の直子に会えたことを話した。病院で下働きをしていることを話すと、「ここへ連れてきなさい。ここから学校へ通うといい」といった。

順吉はうれしかった。彼は歩いて蔵前の十仁病院へいって、西城がいったことを直子に伝えた。「わたしは、ここで働いていてもいいんだけど」国民学校高等科二年だった直子は、学校に未練はないようだった。だが、四、五日すると小さな風呂敷包みを抱えた直子が西城家へやってきた。病院に事情を話し、辞めてきたのだといった。

「病院で働いた分といって、お金をくれました」直子はそういって茶封筒を西城の前へ置いた。

「これはあんたが働いた大切なお金だ。大事にしまっておきなさい」西城にそういわれると、直子は手を合わせた。彼女は、弟と妹が世話になっているのにと、胸のなかでいっていたにちがいなかった。

順吉は初等科五年生に、直子は高等科二年生に、頼子は初等科三年生に復学した。三人は毎朝そろって、西城家の門を出て学校へ向かった。

西城には妻がいなかった。何年か後に順吉が知ったことだが、妻は西城を嫌ってか家を出ていった。だが籍を抜かないため、夫婦間が揉めているということだった。

西城家には住み込みのお手伝いの女性が二人いた。二人とも夫を戦争で失い、大空襲をうけた日に子どもを亡くしていた。そのせいか清宮三兄弟を自分たちの子のように叱ったし、可愛がった。

西城の名は銀之助。姉の他に健太郎という兄がいたが、南の島で戦死したということだった。

順吉たちは西城が資産家だとは知っていたが、どんな事業をしているのかは知らなかった。

西城は帰宅しない日があるのを知った。仕事で遠方へでもいったのだろうと想像していたが、千代(ちよ)というお手伝いによると、「旦那さまにはいい方がいて、ときどきその人のところへお泊まりになるのよ」ということだった。

順吉たちは、食堂のテーブルで勉強していた。そこへ西城があらわれることがあって、「みんな、しっかりやっているか」などといった。週に一度ぐらい、西城が夕食の席に就いた。彼は紅い酒を飲みながら、三人がどんなことを習っているのかを、目を細めてきいた。当時西城は四十半ばだった。

直子は大学へすすんだ。順吉は勉強が好きでなく、高校卒業後にアメ横の西城商店に就職した。海産物小売業だったが、初めの三年間は、毎日、オート三輪車で鶏卵の買付けに埼玉県へいっていた。運転免許を取ると、単独でいく日もあった。三輪車が四輪のトラックになった。北海道と三陸からは毎日、魚や海産物が届き、それをアメ横にある三つの店舗で売りさばいた。

妹の頼子も大学にすすんだ。一年経つと直子が将来は医師になるといって医科大学を受けなおして合格した。

生活費も学費もすべて西城の援助だった。西城は三人に預金口座を設けさせた。その口座へ毎月、時には二か月おきに、それぞれが必要と思われる金額を振り込んでおいてくれた。そのやりかたから、西城は鷹揚(おうよう)に見えたが、常に目は光っていた。直子は順吉と頼子に、「わたしたちは旦那さまから試されているのだから、お金は大事に使おうね」と、自分にもいいきかすようにいっていた。

頼子は直子より先に大学を卒業して、保険会社に就職した。彼女の卒業式に西城は新調の三つぞろいを着て出席した。焼け跡から這い上がった頼子を、西城は目を細めて見ていた。

直子は医師になり、大学医学部の研究室に就職した。彼女が医師免許試験に合格した日、西城は、赤飯を炊かせ、西城商店の主な社員を自宅に招んで祝いの宴を催した。乾杯のとき順吉は西城の前へ立って、深く頭を下げた。

西城は、「三人とも真面目で、よく出来た人に育った。おまえたちの両親が心がけの立派な人だったにちがいない」といって、三人の手をにぎった。

西城商店には、札幌から出てきた石田兼代(いしだかねよ)という女性が勤めていた。西城商店の寮に住んでいて、いつも就業時間前に出勤して、窓を拭いたり床を掃いていた。中学を出て就職したということだった。休みの日には浅草あたりへ出掛けていく従業員がいたが、兼代は部屋から出なかった。順吉が、なにをしているのかをきいたことがあった。すると彼女は、図書館から借りてきた本を読んで一日をすごしていると答えた。どんな本を読んでいるのかを順吉がきくと、彼女は小説のタイトルと作者の名を話した。順吉の知らない人たちだった。もっとも順吉は小説を読んだことがなかった。新聞に載っている連載小説をたまに読むことがあったが、面白いと思ったことは一度もなかった。

兼代は器量よしとはいえなかったが、きれい好きで、いつも身ぎれいにしていた。西城商店には制服があった。彼女のそれが汚れているのを順吉は見たことがなかった。

休みの日、順吉は西城に自宅の部屋へ招ばれた。

「おまえは二十五になった。そろそろ身を固めることを考えなくてはならないが、気に入っている女の子はいるか」ときかれた。

順吉は兼代と一度だけ食事を一緒にしたことがあると話した。

「兼代は真面目な女だ。社交性がなくて、休みの日は部屋にこもっているらしい。外出しない理由のひとつは、札幌の親に仕送りをしているからだ。仕送りといっても金額はわずかだが、心がけがいい。……おまえは兼代のことが好きなのか」

順吉は返事に詰まったが、好感を抱いているといった。

「好きだから、一緒になりたいって兼代にいってみろ。もし結婚できないなら、彼女はその理由を話すだろう。口数が少なくて、いつも俯(うつむ)いているような女だからもの足りないかもしれない。だが、ああいう女は家庭をしっかり守っていくと思う」

兼代は二十歳だった。順吉は彼女をそれまで以上に観察してから食事に誘い、その席で、「嫁になってもらえないか」といった。すると彼女は目を大きくして彼を見つめた。順吉は、「おれのことが嫌いなのか」ときくと、兼代は首を振り、考えたいと答えた。

それから十日ばかり経つと兼代は、「北海道の両親に会って欲しい」といった。大事なことなので、自分だけで決めたくないということだろうと順吉は理解し、彼女と一緒に北海道へいくことにした。

そのことを西城に話した。「兼代の家族に会ってこい。兼代は賢明な女だ。両親も固い人なんだと思う。両親におまえが気に入られるといいが」

順吉と兼代は休みをもらって、列車で北海道へ向かった。西城は順吉に北海道での仕事を命じた。札幌と函館と小樽と留萌の取引先へ挨拶してくるようにといわれたのだ。

朝早く青森に着く列車に兼代と並んで乗った。上野から一時間ばかり走ったところで、兼代がリュックから紙の包みを取り出した。西城家のお手伝いがつくってくれたにぎり飯だった。茶色の紙にはあすの朝の分も包まれていた。兼代は二口、三口食べると咽せて口を押さえた。茶色の包み紙の上に涙を落としながら、「うれしい」とつぶやいた。

順吉には、長距離の旅も連絡船も初めてだった。津軽海峡は鉛色をしていた。函館に近づくと霧のような雨が降っていて、九月だというのに冬の寒さを感じて身震いした。

兼代を函館駅に残して、近くの取引先へ寄って、店主に手みやげを渡して挨拶した。赤ら顔の店主は、「函館へきたらホッキガイとイカを食っていってくれ」といって、ピンク色の貝と真っ白いイカを細く刻んだのを出してくれた。「東京で食べるのとは味がちがいます」順吉がいうと、店主はくわえタバコで片目を瞑って笑顔をつくった。

札幌には繁華なところがあるとなにかで読んだし、店にくる客からもきいていたが、兼代の実家の石田家は小樽に近い山間部にあった。父親は、丸い鋸をモーターでまわして、板を挽いて木箱をつくっていた。魚市場が得意先だといった。

母親は兼代を見ると、「背が伸びたなあ」といって唇を震わせた。餅米をまぜて炊いたご飯でおはぎをつくってくれた。順吉は十歳のころに食べた母の味を思い出した。彼は、兼代の両親と妹と弟に見つめられながら、米軍の空襲で母を失ったことと姉をさがして歩いた日のことを語った。そして、現在は西城銀之助という人の家に姉と妹とで住み、自分はアメ横の西城商店に勤めていることを話した。彼が、過ぎ去った日々を語っているあいだ、兼代の母親はずっと目に手拭いをあてていた。

「私は兼代さんと一緒になりたいので、それをお願いにまいりました」順吉は畳に両手をついた。母親は、「わっ」といって手拭いで顔を隠した。父親は、ずずっと後ろへ下がると正座して、「どうかよろしくお願いします」といって頭を下げた。兼代は母親の後ろで、拝むように手を合わせていた。

兼代の実家に一泊して、順吉だけが留萌へいき、取引先に挨拶した。その日、海は荒れていて、岸壁に舳先を並べた船は、歯ぎしりするように鳴っていた。波しぶきは岸壁を洗っていたが、それをかいくぐって飛ぶ海鳥たちを、順吉はしばらく眺めた。

順吉は北海道旅行を西城に報告した。「従業員のなかには、こそこそ一緒になっている者たちがいるが、おまえと兼代には結婚式を挙げさせる」と西城はいった。彼は、自分の姉の息子を養子に迎えることにしていたので、同じ日に主な取引先を招いて披露することにした。

西城は、日本橋の呉服屋を自宅へ招んだ。各人好みの着物を、直子にも頼子にも兼代にも選ばせた。彼は、人がよろこぶところを見るのが好きだった。以前から順吉と直子と頼子を箱根の別荘へ連れていっていたが、上高地にも奥入瀬へも連れ出して美しい風景を見せた。

西城は、都内の各デパートの地下の食品売り場の一角に高級魚の粕漬けなどの店を出したが、これも好業績を挙げていた。

西城には別れた妻がいた。彼が商売のことばかり考えているのを嫌がったというのが別れた理由のようだった。別れたといっても妻だった彼女は籍を抜かなかった。弁護士を通じて正式に離婚する手続きを話し合い、十年後にようやく離婚が成立した。西城側が提示した金額がものをいったようだった。

西城には向島に好きな女性がいるのを、順吉は知っていた。養子縁組み披露の宴席で舞台に上がって三味の音に合わせて、日本舞踊を踊った女性がいた。その人は賓客に酒を注いでまわると、さっと姿を消した。裏口から消えるさい、西城に抱きついていたのを、順吉は柱の陰から見ていたのである。

西城家の養子になった子は菊次という名だった。西城は菊次をすぐには西城商店で使わなかった。夏場は上高地の山小屋で、冬場は日本橋のレストランに勤めさせた。学歴は高校卒だった。嫁は将来失敗がないようにという理由で西城が選んだ。築地市場の仲卸業の店で働いていた女性に目をつけ、菊次と見合いをさせた。二人は好き同士になって結婚を決めた。

医師になった直子も、保険会社に勤務していた頼子も結婚して、西城家を出ていった。頼子は男の子を産んだが半年後、西城家に赤ん坊をあずけて会社勤めをつづけていた。西城は自分の子のように赤ん坊を可愛がっていた。

西城銀之助は八十四歳のとき、向島で、女性の胸に顔を埋めているうちに意識を失った。病院に運ばれたが、十日間、目を開けず、菊次と順吉と兼代に見取られて黄泉の国へ旅立った。

西城は菊次に、催し事は倹しくと教えていた。葬儀は上野の寺でひっそりと執り行われた。出棺のとき、見送りの列のなかの一人の女性が、車に駆け寄ろうとして傍らの人に押しとどめられた。菊次によるとその女性は、向島で小料理屋をやっているということだった。喪服を着ていたが襟足が白い四十半ばに見えた。

順吉は菊次を西城商店の社長に推し上げて、彼は専務に就いていた。

順吉と兼代は子どもに恵まれなかった。兼代は、「わたしたちに子どもがいれば、西城商店へ勤めさせてもらえたのに」と、何度もいっていた。その兼代は六十を前にして病に斃れた。

順吉は七十歳になると西城商店を引退して、信州の豊科へ移って独り暮らしをした。豊科は祖父母の出身地で、小さい畑が遺っているのを知ったからだった。そして越後の三条で紬を織る老女の話を耳に入れて訪ねた。それが縁になって三人の女性が紬を織るようになった。紬は西城商店とつながりのある日本橋の店が買い上げている。

「三条ですか」

吉村がいって盃を置いた。

「清宮順吉さんの思い出話のなかに、三条が出てきていた。偶然だろうけど、なんとなく縁を感じるんだ」

道原は目を瞑って、順吉の皺の寄ったヘチマのような顔を思い浮かべた。

## 4

アメ横の竹中幸宏がやっているシャツの店には若い男の店員がいた。二日つづきで刑事が訪れたからか、店員は警戒するような表情をした。社長の竹中がきていないことを確かめると、八月十六日に竹中はこの店にいたかを吉村が尋ねた。

「十六日ですか」

店員は女のような声でいうと後ろを向き、小さな引き出しからノートを取り出した。

「社長は夕方の六時少し前にこちらへきて、すぐに出掛けていきました。なにかの書類に印鑑がいるので、ここへ寄ったようでした」

店員は、大事なことと思ったらしく慎重な答えかたをした。

善光寺仲見世通りでの事件発生は、午後二時だ。道路事情が順調なら午後六時前にここへ着けないことはない。

「竹中さんはハンコが要るのでここへきたが、それまでどこにおいでだったか、分かりますか」

道原が吉村に並んできいた。

「分かりません。古着の店にいたのかもしれないので、きいてみてください」

古着の店はアーケード街の突き当りだといった。

若い女の客が二人入ってきた。二人は笑い声を上げながら、ハンガーに吊られたTシャツを選んでいた。

古着の店にはコートやジャンパーや和服が、びっしりとハンガーに吊られていた。そのせいか店内は薄暗い感じがし、蒸し暑くもあった。

店の奥には四十半ばに見える髪を茶色に染めた女性がいて、「いらっしゃいませ」といったが顔を強張らせた。二人の男を刑事だと見抜いたらしかった。

道原と吉村はその女性に、八月十六日に竹中幸宏が店へきていたかどうかを思い出してもらった。

「十六日に社長は一度もきませんでした。その日は、支払いをしなくちゃならない用事があったので、社長がくるのを待っていました」

彼女は気を揉んでいたので憶えているといった。

「社長が、十六日に、この店かTシャツの店にいなかったら、どうなるんですか」

彼女はいくぶん険しい目をした。

「いや。その日に、どこにおいでになったかを知りたかっただけです」

道原がいうと彼女は、

「松坂屋（まつざかや）の隣に、『ぎんねこ』というカフェがあります。社長はその店へ日に一度はいきます」

と教えてくれた。

道原たちは彼女に礼をいって薄暗い店を抜け出した。

ぎんねことというカフェは松坂屋の一部のようにデパートの壁に張りついていた。店内の調度はコーヒーのような色をしている。メガネを掛けた長身の男が店長らしかったので声を掛けた。竹中幸宏を知っているかときいたのだ。

「はい。よくお見えになるお客さまです」

道原は店長を店の隅に呼んで、八月十六日に竹中は来店したかをきいた。

「たいてい一日に一度は。二度お見えになる日もありますので、十六日もおいでになっていると思います」

店長はそういったが、確認の手立てはないようだった。

十六日にどこにいたかを本人にきくしかなかったので、ふたたびシャツの店を訪ねた。男性と女性の客が品選びをしていた。店員は、「またきた」という顔をすると、「社長。お客さんですよ」と奥を呼んだ。

「なんですか、何度も……」

カーテンから顔をのぞかせた竹中は不快な表情を露わにした。

道原は、十六日の午後、どこにいたかをどうしても知りたいのだと一歩竹中のほうへ寄った。

「十六日ですか。困ったなあ」

竹中は横を向いて頭を掻いた。

「大事なことですから、答えてください」

「夏休みで、休んでいた子のところにいたんです」

「休んでいた子とは……」

「分かるでしょ。女の子のとこですよ」

「どこの、なんていう人ですか」

「私がいえば、刑事さんは確認にいくんでしょ。若い子に対してアリバイ確認なんかしたら、私がなにか悪いことでもしているように思われます。その子のことなんか答えられません。とにかく私は、なんの事件にもかかわっていませんので」

帰れ、というふうに竹中はカーテンのなかへ消えた。

道原たちには取りつく島もなくなったし、竹中幸宏のアリバイを確かめることもできなかったが、帰ることにした。

北島に電話すると合同捜査会議を開くので、長野中央署へ寄ってもらいたいといわれた。

長野中央署は倉庫のようなかたちの白い四階建てだ。会議場には二十人ほどが集合して道原と吉村の到着を待っていた。

まず善光寺事件に関連していそうな過去の事件を発生順に並べた。

三年前の十二月、長野市篠ノ井に住んでいた竹中政友、当時三十四歳が一般道路で車にはねられ、その事故が原因で働けないからだになった。竹中は新潟県三条市出身の浜本緑と親密で、大怪我をしたのは緑の住まいを出たあとだった。

去年の十月、松本市島内に住む青沼将平、当時二十八歳が北穂高からの下山の途中、谷に転落して死亡した。青沼は戸板久留美と婚約していた。

今年の八月五日、松本市横田に住む戸板紀之、六十二歳が三条市において腹部を刃物で刺され、水田に突き落とされて死亡した。戸板紀之は久留美の父。

今年の八月十六日、長野市桜枝町に住む石曽根緑、二十六歳が善光寺仲見世通りで拳銃で撃たれて重傷を負い、現在入院中。同人の旧姓は浜本。過去に竹中政友と恋仲だった。

「石曽根緑が三条出身。戸板紀之が三条で殺された。三条というのが気になるが、その土地と事件は、関係があるんじゃないのか」

管理官がメガネを光らせ、戸板紀之はなにをするために三条へいっていたのかが分かっているのかと一同を見まわした。

「戸板は仕事を持っていませんでした。趣味で絵を描いていましたので、写生の場所でもさがしていたんじゃないでしょうか」

道原が答えた。

戸板が泊まりがけで三条かその付近を歩いていたのには、なにか理由がありそうだから、いま一度彼の歩いた足跡をさぐってみるようにと、管理官は道原を見て指示した。

次の議題は、石曽根緑を撃った犯人を見た人がいそうなので、いままで集めた目撃者の話を聞き込んだ捜査員に発言させた。それをまとめると、犯人は男性だといった人と女性だといった人の数がほぼ同数。要するに銃を構えて撃った犯人を、近くで見たという人がいないのである。

「犯人は女だといった人が何人かいるのか」

道原はつぶやいた。目撃者の記憶が意外だったのだ。

「犯人らしい者を見かけたけど、証言しない人もいるでしょうね」

吉村がいった。

「そういう人はいるはずだ。もしかしたら、犯人は女だと思っている人のほうが多いかもしれないぞ」

緑を撃った拳銃は漬け物屋のつるぎ庵の前で、タオルにくるまれて捨てられていた。捨てるのを見た人はいそうだが、いまのところ届け出はない。

参道や仲見世通りを歩いているのは地元の人よりも、他所(よそ)からきた観光客のほうがはるかに多い。そういうところへ、落とし物のようにタオルにくるんだ物を捨てた者がいる。危険な物は人目につかない場所へ捨てるのが正常な者の神経だが、まるで犯罪を見せびらかすような行為をした。

「目的を達したので、凶器を早く手放したかったんでしょうね」

吉村だ。

「それにしても、公道へ……」

道原は犯人がどういう人間かを想像してみた。

犯人は、緑を殺すつもりで引き金を引いただろう。緑のことが憎かったからか。憎んだとしたら考えられるのは竹中政友だ。彼は銃を手に入れたとしても実行は無理だろう。人に依頼してまで恨みを晴らそうとしたのだろうか。

吉村は額に手をあてて、「拳銃、拳銃」と小さい声で繰り返した。

「石曽根緑に殺意を抱いていた者が、善光寺の表参道から仲見世通りをうろついていた。あるいは、赤ん坊を抱いて外出した緑の後を尾けた。緑は表参道から仲見世通りを歩いていた。赤ん坊の成長を希って本堂に手を合わせたかもしれない。緑の後を尾けているあいだに、急に便意をもよおしたので、コンビニに飛び込んでトイレを借りた。と、トイレ内には見慣れない物が置かれていた。ホルスターにおさまった拳銃だった。持ち上げてみると、ずしりとした重量があった。まちがいなく本物だと思った。その銃を鞄かなにかに隠して、トイレを飛び出した。後ろを振り返ったが追ってくる者はいなかった。表参道か仲見世通りにもどったが、緑を見つけることはできなかった。それで拳銃は持ち帰った……」

吉村は呪文のようなつぶやきをいったん切ると頭を二、三度かしげて、またつぶやきはじめた。

「コンビニのトイレから拳銃を持ち去った者は、たぶん自宅の部屋で拳銃を見つめていた。本物のようだが、玩具かもしれないと疑った。夜のテレビニュースのトップでは、首相の善光寺参詣の警備中だった県警機動隊員のAがコンビニのトイレを借りたさい、拳銃をトイレ内に置き忘れた。警備地点へもどりかけて拳銃を忘れたことを思いついて、トイレに引き返したが拳銃はなくなっていたという報道だった。この拳銃だ、とにぎり直してみると、はたして実弾が発射するものかと首をかしげた。発射するかどうか試したくなり、人気のない畑か水田のなかの農道で、安全装置をはずして、引き金を引いた。乾いた音とともに腕に衝撃があった。実弾が飛び出したのだった。これで人を殺せる。急所にあたらなくても重傷を負わすことは可能だ。それで八月十六日にまた緑の行動を監視した。鞄に拳銃をしのばせた。その日も緑は赤ん坊を抱いて家を出てきた。赤ん坊の顔をじっと見ては微笑していた。まるで幸福の絶頂に立っているようだった。彼女は十五、六分歩いて善光寺の仲見世通りへ入った。漬け物店の前で立ちどまった。拳銃を鞄で隠し、緑の背中に向けて引き金を引いた。緑は一瞬、跳ね上がった。命中したのだ。よろよろと両膝をついた。赤ん坊を固く抱いているようだった。外国人の観光客が悲鳴を上げて遠ざかろうとした。年配の女性が緑に駆け寄り、緑の腕から赤ん坊を受け取った。緑は道路に手をつき、そして倒れた。赤ん坊を抱えた女性は漬け物店へ飛び込んだ。……なんだか事が都合よく運んでいたような気がしてしかたないんです」

吉村は顔を道原に向けた。緑は何者かから恨まれていた。その何者かの手にいとも簡単に拳銃が渡ったような気がするといった。

「機動隊員のAを疑っているんだな」

吉村はうなずいた。

拳銃をトイレに置き忘れた機動隊員Aは、当然のことだが事情を聴かれただけでなく、身辺を調べられた。失った拳銃によって殺人未遂事件が起きたのであるから、警察官として勤めていることはできなくなったはずだ。

機動隊員Aは、有本静男（ありもとしずお）、二十六歳。巡査。住所は長野市西長野で、独身。地図を見ていた吉村は、有本と緑の住所は比較的近い、といった。

## 5

道原と吉村は、石曽根緑の夫の昭一を彼が勤めている木工所の錦工房へ訪ねた。錦織忠二郎という主人は、二人の刑事を応接室へ招いた。ここを訪ねるまでの道原は、建具や箪笥をつくっている木工所を想像していたが、そこの雰囲気はまったく異なっていた。鉋で木材を削ったり鑿で穴を開けているのは他の工作所とかわりはないが、まず木工機械が唸っていたし、長さ二メートル、厚さ十センチぐらいの木目が鮮やかなケヤキ板のテーブルや、変わったかたちの椅子がいくつも並べられているのを見て目を見張った。応接室の棚には、ミニチュアの箪笥や椅子や器が飾られていて、ちょっとした美術館に入ったようだった。道原がそれをいうと錦織は、

「石曽根が入ってから工房全体の雰囲気も、つくる物も変わってきました」

といって頬をゆるめた。

石曽根昭一は、長野県駒ヶ根市生まれの三十一歳。中学を出ると伊那市の出口という建具職人の家に住み込んで、職人になるための修業に就いたが、鑿や鉋を研ぐ技術を覚えると、木目の浮いた板に勝手に文字や絵を彫りはじめた。木目の鮮やかな木材は売り物であったし、いいつけられた作業をしないことから、主人の出口に叱り飛ばされていた。ある

ときその出口が錦工房を訪ね、凝った家具の注文を受けたが適当な材料が見つからなくて困っているといい、話のついでに、変わり者の弟子を抱えてしまい、腹の立つことばかりだと語った。

錦織は出口が愚痴のように語る弟子の石曽根昭一に興味を持ち、「その少年に会ってみたい」といった。

数日後、錦織は伊那市の出口建具店へいき、坊主頭の石曽根昭一に会った。会ったというよりも板を削っている少年を見ただけだった。少年は、作業場へ入ってきた錦織に頭も下げず、板に鉋をかけていた。彼が鉋をかけた板を錦織は撫でてみた。板は手が滑るように光っているだけでなく木のぬくもりを宿していた。それは一年ばかり鉋を持った者の技(わざ)とは思えなかった。昭一少年がケヤキの厚い板に彫ったという文字と絵も見せてもらった。それは未完成だったが、花びらは匂い立つように開いていたし、葉は脈を打っていた。

錦織は出口に、「えらい少年を抱えたものだ。あの子はただ者じゃない。いまに仏像でも彫れる職人になる」といって、錦工房で腕を試してみたいがどうか、と出口にいった。

出口は昭一を厄介者のように見ていたらしいので、「長野へいって修業してみろ」といってみた。昭一は迷わず、「長野へいきたい」と答えた。

出口は、約一年修業させた石曽根昭一を長野市の錦工房へ送っていった。肚のなかでは、「もどってくるなよ」と祈った。

錦織は昭一を六人の従業員に紹介した。六人は七、八年から十年以上、家具づくりに専念している職人たちだった。

錦織は、作業場へ入った昭一に、一式の道具を与えた。新品ではなく、職人が何年間か使った物である。昭一は鉋と鑿を見ると、研ぎはじめた。一同は少年のその姿をじっと見つめた。昭一は二時間あまりかけて鉋と鑿を研ぎ終えた。錦織は試しにスギ板を削らせた。鉋屑（かんなくず）はピュッと音を立てて鉋から飛び出し天井へ舞い上がった。その鉋屑は透けて見えるほど薄かった。鉋屑を拾って見た職人は舌を巻いた。削りかたもうまいが、鉋の切れ味がものをいっているのだった。職人たちは昭一を怪童と呼ぶようになった。

昭一は特に鑿使いがうまかった。機械も利用するが鑿で細かい作業をするようになり、ケヤキやトチで椀をこしらえたりしていた。

山へいって小さな花をつけるバラの木を見つけて根を掘り、三年間寝かせた根でコーヒーカップをつくった。木目が渦を巻いていた。錦織は、「売れなくてもいい」といって十五万円の値をつけて、表参道の売店の棚に飾ったところ、一週間も経たないうち、京都から善光寺観光にきたという紳士の目にとまり、「これをいただきたい」とカップを両手で包んで、「五十万円の値がついていても、私はいただきましたよ」といって買い上げた。それは一昨年のことだという。

錦織は、昭一を二人の刑事のいる応接室へ呼んだ。

昭一は丸坊主だった。道原と吉村に丁寧におじぎをして椅子に腰掛けた。

道原が、「奥さんがとんだ災難に」と慰めの言葉を掛けた。昭一は黙って頭を下げた。

「奥さんは、奥さんを知っている者に狙われた可能性が考えられていますが、お心あたりのようなものがありますか」

「心あたりなんか、ありません。家内は人ちがいでやられたにちがいない」

昭一は首を振ると唇を噛んだ。

彼は事件に関することはすべて分からないといって、十分足らずで応接室を出ていった。刑事に対してなんの質問もしなかった。

道原は錦織に、昭一の家族に関することを尋ねた。

父親は材木会社に勤めていたが、山から木材を搬出する作業中に怪我をして働けなくなった。母親は学校の給食センターに勤めていたが、現在は働いていないらしい。昭一は長男で、妹が二人いる。上の妹は一昨年、結婚して、駒ヶ根市内に住んでいる。下の妹は農協職員で、両親と暮らしている。

「小さな畑を持っていて、野菜をつくっているそうですが、生活は楽ではないと昭一はいっていて、いくらかは送金しているようです」

昭一は自分からは酒を飲まないが、飲める口で、飲んで酔うと女の演歌をうたう。錦織が緑からきいたことによると、テレビの歌番組が好きで、ことに坂ノ上秋子(さかのうえあきこ)がうたうと、一緒に口ずさんでいるという。人から趣味はときかれたことがあるが、仕事と答えていた。工房でつくりたい物の絵を描いているときがあるが、仕事が好きなのだと感じたことが何度もある、と錦織は語った。錦工房にはいまも昭一のほかに職人が六人いるが、だれとも会話をしない日がある。昼食は工房の賄いだ。錦織を交えて八人が一緒に食事をするが、昭一はほとんど喋らない。不機嫌ではなく、ときどき箸を休めて考えごとをしている。職人とは仕事の打ち合わせ以外にはほとんど会話をしないが、争い事を起こしたことはないという。

六人のうち最年長の職人は六十歳。その職人が昭一に仕事を教えていた。そのせいかいまでもその職人の指示にはうなずいている。

「昭一は、家具や器をつくるだけではありません。自分のつくった物がどう評価されているかに関心があって、休みの日に自転車に乗って、表参道の売店へいくことがあります。売店の従業員にきいたところ、四、五時間店にいて、絵を描いているそうです」

「絵を習ったことがあったんでしょうか」

「我流です。名画といわれている絵をよく観察してはいます」

昭一は仕事熱心というよりも、木材を弄(もてあそ)んだり、格闘するのが好きなのだという。

「子どもが生まれましたが、なにか変わった点がありますか」

道原は目を細めて錦織にきいた。

「ケヤキの厚い板に絵を描いていましたから、いまに赤ん坊を彫るんじゃないかと思います。……たまに仕事を忘れているようなときがあるんです。共同でやる作業が苦手なので孤立しているようですけど、私も職人たちも昭一が次になにをつくるかに関心を持っているんです」

彼は眉をひそめながら昭一を、天才というより奇才だといって笑ったが、目下ある人に頼まれ、額縁をつくっているといった。

「額縁というと絵を飾るあれですね」

「松本に住んでおられた方ですが、ご自分でお描きになったきれいな風景画を持ってこられて、これを額縁に収めたいといわれました。どなたかにこの工房のことをきいて、おいでになったようでした。それで昭一につくらせることにすると、昭一はよろこんで材料を選んでいました。……ところが額縁を注文なさった方は最近、事件に遭って亡くなられました。昭一もその方の事件を知って、当然ショックを受けましたが、額縁に絵を収めて、お身内の方に届けたいといっています」

「事件とおっしゃると、どんな」

道原は錦織に注目した。

「新潟の三条の田圃のなかで殺されていたそうです。六十代の穏やかな話し方をする方でしたが……」

「それは、戸板紀之さんという人では」

「そうです。戸板さんです。額縁を注文したとき、『急ぎませんので』といわれたのを憶えています」

錦織は咽せて口に手をあてた。

# 第四章　狙われた男

## 1

　コンビニのトイレに拳銃を置き忘れた警察官は有本静男といって、二十六歳。彼が三条市の出身ときいて、道原と吉村は顔を見合わせた。

　有本は、コンビニのトイレを出ると警備地点へもどるために、二百メートルほど走った。そこでトイレ内に拳銃を置き忘れたことに気付いて、走ってもどった。もどり着くまでに七、八分はかかったろうとみられている。

　彼は丸腰で警備地点に引き返すと、顚末を上官に話した。「拳銃がなくなった」上官は唾を飛ばした。有本とコンビニのトイレを見にいった。当然だがなにもなかった。上官は蒼い顔をして指揮官に報告した。その時点で有本は拘束された。拳銃を置き忘れたさいの状況だけでなく私生活についても事情をきかれた。勤務状態に問題はないということになったが、自宅謹慎を命じられた。

銃撃事件発生から六日後、有本は辞意を示して退職した。本人は不満だったろうが解雇扱いとされたことを、道原たちは北島からきいた。

「有本は、退職後どうしているでしょうか」

道原は北島にきいたが、

「これからどうするかを、考えているところじゃないでしょうか」

といい、自分の不注意を悔やんでいるにちがいないといった。

「有本という男は、なにかを深く考えていた。あるいは悩みごとを抱えていた。それはきわめて重大なことだった。心をなにかに奪われてでもいなかったら、拳銃を置き忘れるなんてことはないと思います」

道原がいうと、北島は、「そうだ」というふうに首を動かした。

有本は、高校卒業で長野県の警察学校に入校した。十か月間は警察学校寮に起伏(おきふ)し、卒業後寮を出ると長野市西長野のアパートへ移った。長野中央署地域課に配属されていたが、一年後、機動隊に異動した。警察に入っての八年間に規則をおかしたこともないし、健康状態も良好で、欠勤はほとんどなかった。

「有本静男の身辺を嗅いでみたいのですが、どうでしょうか」

吉村が光った目をした。

「県警は調べたとしても、それを公表しないだろう。おれも調べてみたいと思っているんだ」

道原は、有本の住所を控えているノートを開いた。

「課長に話したら、反対されるでしょうね」

「なにか気になる点を見つければ、許可するよ」

道原と吉村は、石曽根昭一と緑の住所に比較的近い有本の住居を見にいった。二階建てのわりに新しそうなアパートだ。有本の部屋は、二階の東端から二番目。表札は出ていなかった。

有本は辞表を出せとすすめられたのかもしれない。警察は、貸与した拳銃を人が出入りする場所へ置き忘れるような人間は不要だというのだろう。

彼は再就職を考えていそうだ。どんな業種に応募するのか。彼の採用を迷った企業があったとする。警察官だった人が中途退職したのだから、なにか事故でも起こしたのではないかと白い目を向ける。事故の性質によっては採用を見送ることになるだろう。

彼は部屋にこもっているのではないかと思ったので、吉村にノックさせた。が、応答はなかった。

アパートの家主が分かったので、訪ねることにした。アパートから百メートルばかりはなれた防風林を背負った家だった。石の門柱があってそれには「五島仁左衛門（ごとうにざえもん）」と太字を彫った表札が貼り付いていた。こういう家の庭にはたいてい大きな犬が放し飼いになっている。インターホンに呼び掛けると、女性の甲高い声が、「どうぞお入りください」といった。

警察官は特有の匂いがするのか、大型犬に股ぐらを嚙まれた刑事がいるのを思い出して、門柱の横のくぐり戸に首を突っ込んで左右をうかがった。

「いません」

吉村が門のなかへ入った。道原は彼につづいた。玄関の前には髪の白い丸顔の女性が微笑んで立っていた。二人は女性に頭を下げて近づこうとしたら、頭を丸く刈ったツツジのあいだからまっ黒い犬があらわれた。二人が立ちどまると、女性は、「なにもしませんので大丈夫ですよ」といった。犬は尾を振ると女性の横へくっついた。女性はこの家の主婦だった。

「立派なお宅で」

道原が二階を見上げながらいった。

「古い家で、あちこちをしょっちゅう直してもらっています」

門柱の表札の名のことをいうと、

「あれは三代前の名です。主人がはずそうとしないので、そのままなんです」

この家の当主は、長野市役所に勤めているという。

アパートの二階の有本静男のことをききにきたのだというと、一昨日、引っ越したといわれた。

「転居先がどこか分かっていますか」

「あとで連絡してくれることになっています。有本さんは警察にお勤めですが、なにかあったんですか」

主婦は表情を変えた。

「警察を辞めました」

「お辞めになった。……それは知りませんでした。刑事さんがおいでになるということはなにかあったんですね」

「はい。ちょっと事故が」

拳銃を置き忘れたことは知られていないようだ。

「有本さんは、真面目そうな方でしたけど、少し変わった人が有本さんを連れにきていたのを、見掛けたことがありました」

「変わった人というと、どんな人ですか」

道原は主婦の顔に注目した。

「そういってはなんですけど、不良のような、ヤクザのような男の人でした」

「ヤクザのような男は、有本の部屋へ上がり込んでいたんですか」

「いいえ。二人できて有本さんを黒い車に乗せていきました」

「有本が休みの日ですね」

「そうだったと思います。暑い日のお昼前のことで、二人のうち一人は、赤や青の派手な柄のシャツを着ていましたし、もう一人は黒いシャツにサングラスを掛けていました。見るからに不良っぽい人たちでした」

「今年のことですか」

「今年の六月末か七月の初めだったと思います」

この話は意外だった。有本を黒い車に乗せていったのは暴力団関係者だったのではないか。有本のことをもっと深く調べる必要がある、と道原と吉村はうなずき合った。

「そのほかに、有本のことでお気付きになったことがありますか」

「なかったと思います。黒い車に乗ってきた二人の男の人は、この辺では見掛けない風采でしたので、わたしはじっと見ていました。それでよく憶えているんです」

主婦は片方の手を胸にあてて話した。

道原と吉村は話し合って、三条へいき有本の家族に会ってみることにした。有本の転居先は実家だったかもしれなかった。

台風が近づいているからか、南から不気味な色をした雲が次つぎに流れていた。吉村は車のハンドルをにぎりながら窓を開けたり閉めたりした。空気が重く、息苦しさを感じているからだった。

有本静男の実家は、田畑のなかに住居が十数戸かたまっているうちの一軒で、木造平屋板葺き屋根のその家は老朽していた。まだ稚そうな柴犬が小屋から出てきた。その犬小屋だけが新しく見えた。道原が頭を撫でようとすると、犬は首をすくめた。

玄関へ声を掛けると女性の小さい声がきこえた。だがなかなか出てこなかった。どうしたのかと思っていたら、半白の髪の女性が浴衣の襟をつかむようにして出てくると、上がり口へ膝をついた。

「静男さんのお宅ですね」

道原がきくと、女性は、はいというふうに頭を下げた。女性は静男の母親だった。病人のようである。寝ていたにちがいない。

「お加減がよくないのですか」

道原は姿勢を低くしてきいた。

「一年ほど前から、寝たり起きたりしています。こんな格好で申し訳ありません」

彼女は襟元を合わせる手つきをして俯いた。

「静男さんは、長野市のアパートから引っ越しましたが、ご実家へ移ったのではありませんか」

「おととい訪ねてきましたけど、どこへいくのかはいいませんでした」

母親は、静男がおかした不始末を知っているようだった。

「静男さんが警察を辞めたのをご存じですか」

「はい。静男から連絡がありましたので」

「警察でなにがあって辞めることになったのかは、きいていますか」

「ききました。申し訳ありません。わたしがこんなからだでなかったら、怪我をされた方に謝りにいっていました。ほんとうに、ほんとうに……」

彼女は手で口をふさいだ。

「ご家族のなかで、静男さんの転居先を知っていそうな方は」

彼女は首をかしげたが、静男には姉が一人いる。彼は姉の多恵(たえ)とよく話をしていたので、あるいは知っているかもしれないといった。

多恵は、三条金物博物館に勤務しているという。

静男の父親は、三条市の清掃事業に臨時作業員として勤めているが、静男の不始末はだれにも話していないといっているらしい。知られてしまったら勤めていられなくなるのではと、ゆうべも語っていたという。

道原と吉村は、静男の母に、からだを大事にしてくれといって、有本家を後にした。

三条市は、大阪府の堺、兵庫県の三木に並ぶ金物の生産地だ。三条金物の歴史は古くて、寛永のころ、代官が、暴れ川と呼ばれた五十嵐(いすず)川の洪水に悩まされて苦しんでいた農民の暮らしを救うために、和釘(わくぎ)づくりの職人を江戸から招いたのがはじまりで発展したといわれている。

道原たちは、金物の博物館へ入った。ガラスケースのなかに包丁、ハサミ、カミソリなどの刃物から、家庭用品、洋食器、農機具、理容用品などがぎっしりと陳列されていた。

観光に訪れたらしい人も光った陳列品を見ていたが、五、六人の外国人の紳士がいて、職員の説明をきいていた。

2

母親は病身のせいか頬がこけて顎がとがっていたが、多恵は色白の丸顔で、背も高いほうだった。

彼女は道原たちに深く頭を下げると、手を前で組んで下を向いた。刑事の用件が分かっているので、なにも答えたくないといっているように見えた。

ききたいことがいくつもあるが、時間はどうかと道原がいうと、「どうぞこちらへ」といって、彼女は博物館内の小会議室のようなところへ案内した。あとで職員のだれかから、「来客の用向きはなにか」ときかれそうだが、彼女は正直に答えるつもりなのではないか。

道原と吉村は、長いテーブルをはさんで多恵と向かい合った。

「静男さんは、とんだ災難に遭ってしまいましたね」

道原は頰にも肩にも緊張をあらわにしている多恵の気持ちをやわらげた。

「申し訳ありません」

彼女は組んだ両手を胸に押しつけた。

「私たちは、静男さんが退職するきっかけになった事件を直接調べているわけではありません。調べているのは、この三条で殺害された松本の男性の事件です。その事件をたどっていたところ、静男さんの出身地が三条だった。静男さんが紛失した拳銃によって怪我をした女性も三条の出身者でした。……私の話をきいて、なにか思いあたることはありませんか」

彼女は少し緊張がゆるんだらしく、肩の力を抜いたが、顔を伏せていた。

「静男は、おといの夜、両親とわたしに会いにきました。泊まっていくものと思っていたら、帰るといいました。長野のアパートを引き払ったというのに、どこへ帰るのかときいたのですが、答えずに、自分の車に乗っていってしまいました。わたしは胸騒ぎがおさまらなくて、眠れませんでした」

家族は、静男が自殺するのではないかと気を揉んでいるにちがいなかった。

「静男さんの友だちをご存じでしょうか」

「友だちといったら、中学か高校での同級生でしょうか」

「あるところで聞き込んだことですが、静男さんは不良性のありそうな人たちと知り合っていたようです。そういうことをご存じでしたか」

彼女は伏せていた顔を起こした。呼吸をととのえるように胸にあてた手を上下させると、

「お話しします」といって目に力を込めた。

道原と吉村は、黙って彼女の色褪せた唇をにらんだ。

「今年の春ごろのことでした。弟は休みの日、松本から長野へ帰る電車に乗っていたのですが、何人かの男に取り囲まれて川中島駅で降ろされました」

「降ろされたというと、いんねんでもつけられたんですか」

「電車のなかで、若い女性に暴力をふるったといわれたそうです」

「そういう事実があったんですか」

「そんな事実はぜんぜん。車内では隣に若い女性がすわっていたことは憶えていたそうです」

静男を取り囲んで電車から降ろした男たちはどうしたのか。

「話をつけようといって、駅の外へ出たんです。弟は身に憶えのないことなので、抵抗したけれど、相手が数人だったので、しかたなくいうことをきいたんです」

「相手は不良だったでしょうが、静男さんの職業を知っていたでしょうか」

「弟は、警察官だということを一切口にしなかったといっていますけど、相手は知っていたかもしれません」

静男にいんねんをつけた男たちは、彼になにかを要求したのだろうか。

「要求をしなかったけど、弟は持っていた二万円か三万円を出すと、サングラスを掛けた男はそれを受け取って、弟に、『歩いて帰れ』って、笑っていたということでした」

「なぜだろう……」

吉村は首をかしげた。

「静男さんは、なにかのきっかけから暴力団関係者の標的にされたんじゃないかと思います。彼には思いあたることがあったんじゃないでしょうか」

多恵は組み合わせた手を顎にあてると、

「もしかしたら女性だったかも……」

と、つぶやくようないいかたをした。

「女性というと、お付合いしていた人のことですか」

「わたしは会ったことがありませんけど、弟は彼女ができたといっていました。松本に住んでいる人なので、休みのたびに松本へ会いにいったり、彼女を長野へ呼んで、善光寺を案内したこともあったそうです。……善光寺の表参道には、道の両側に灯籠(とうろう)が立っていますが、それが木造なのを彼女にいわれて知ったといっていました。それから表参道や仲見世通りの古い商店には木製の大きい看板が一階の屋根にのっています。それも彼女にいわれて気が付いたといっていました。弟は彼女の感性に惹かれたようなことをいっていました。……ところが弟が電車のなかで脅されたという出来事の直後だと思いますが、彼女と連絡がつかなくなったんです」

「連絡がつかなくなったというと……」

「電話が通じなくなったんです。そこで弟は、松本の彼女のアパートを見にいきました。すると何日か前に引っ越していたことが分かって、弟はがっかりしたし、なんだか彼女に騙（だま）されていたような気がするといっていました」

「その女性はなにをしていた人ですか」

静男には、会社勤めだといっていたようだが、確かめたわけではないという。

道原は顎に手をあてた。静男が知り合った女性と不良たちはグルだったのではないか。不良たちは、なにかの目的を隠して、女性を静男に近づけた。彼の職業や、生活環境や、人柄までもにぎっていたことが考えられる。

「静男さんと不良たちの付合いは、つづいていたようですが……」

「つづいていたようです。弟はヤクザなグループから脅されつづけていたんです」

「金でも要求されていたということですか」

「歌をうたわされていたんです」

「歌を……」

吉村が声を上げた。

「弟は、歌が上手なんです。テレビの歌合戦番組に出て、何等かに入って、カップをいただいたこともあります」

「歌を習ったことがあったんですか」

「いいえ。たまにカラオケの店でうたっていたんです」

不良たちは、どこで静男に歌をうたわせていたのか。

「人にはいえないことでしたけど、松本の裏町でギターを抱えて流しをやっていました。好きでうたっていたのではなくて、やらされていたんです。弟は、嫌だ、嫌だといっていたのだけれど、それをやらなければ、電車内での暴力沙汰をバラすといわれていたそうです」

「流しなら料金を取っていたでしょうね」

「わずかな収入はあったようです。やらされていたなんて、恥ずかしくて……」

彼女はハンカチを取り出すと額を拭いた。

「それから……」

彼女はハンカチを目にあてた。「引っ越し作業の手伝いもさせられたといっていました」

「警察に勤務していたのに」

「お休みの日にです。恐い男たちが車で迎えにくるそうです。夜間に引っ越しをされる人もいますので、それの荷物運びを、何度かやらされたといっていました」

「そういう目に遭っていたのを、静男さんはあなた以外の人に話していたでしょうか」

「だれにも話していないと弟はいっていました。警察の方に話そうと思ったことはあったようですが、それまでやっていたことが分かってしまうと、警察を辞めなくてはならないので、二の足を踏んでいたんです」

不良グループには警察官の静男を追いつめる目的があったのではないか。警察官のなかから何人かを候補に選んでいた。身辺を密かにさぐった結果、有本静男に照準を定めたように思われる。

実家へ立ち寄って、家族に会ったあと静男はどこへいったのか。

博物館を出ると、道原と吉村は車のなかで有本静男の行方について話し合った。

「有本は、石曽根緑を撃った犯人をさがそうとしているんじゃないでしょうか」

吉村はハンドルに手を掛けていった。

「考えられるな。犯人は不良グループのなかにいそうだとみたかもしれない。もしそうだとしたら、有本は危ない。消される可能性がある」

「すでに消されているかもしれませんよ」

「海外逃亡も考えられるな」

「海外へ逃げたのだとしたら……」

吉村はいいかけた言葉を呑み込んだようだ。

三条署に寄り、本間刑事に会った。有本多恵からきいたことを話したのである。

「警察官が、松本の盛り場で、ギターを抱えて流しをやっていた。いや、やらされていたなんて、前代未聞じゃないですか。有本という男には、そういうことを強要されても、やらなきゃならない事情があったんでしょうね」

本間がいった。

「電車内で見知らぬ女性に暴力をふるったなんて、いんねんをつけられた。そのとき毅然としてはねつけるか、警察を呼べばよかったんです。気の弱いところを見せたので、相手はつけ上がったんでしょうね。警察官は、不祥事を起こしたといわれると、弱い面がありますからね」

道原がいった。

「有本にいんねんをつけた野郎たちを追及する必要がありますね」

「どうやら松本の不良たちのようです」

「有本は気の毒に、不良たちから脅されつづけていたので、そのことで悩んでいたし、それに気を取られた。だから大事な物を置き忘れたんじゃないでしょうか」

本間のいうことよりも道原は一歩前へ踏み込んでいた。警察官の尊厳にかかわる問題であるので、それは口に出さないことにした。

3

松本には「修龍会（しゅうりゅうかい）」という右翼団体があり、現在の構成員は約三十人といわれている。四年前、ATMを破り、そのなかの現金を窃取（せっしゅ）しようとしたが、警報が鳴って警備員が駆けつけた。犯人は逃走して捕まえられなかった。この事件の犯人は修龍会のなかにいるとみた松本署は同会の事務所に踏み込んだが、「うちには泥棒はおらん」と会長はいって、家宅捜索をさせなかった。

その後、給油所荒らしも発生した。その事件でも会長と幹部を事情聴取したが、窃盗事件には一切かかわっていないことが分かった。窃盗犯は他所からやってきた者たちらしいということになった。

道原と吉村は、マル暴担当刑事の長峰（ながみね）とともに松本市開智の修龍会の事務所を訪ねることにした。長峰は四十三歳。身長一八〇センチで体重は八五キロ程度の偉丈夫（いじょうふ）。顔のかたちが将棋の駒に似ている。

「修龍会の会長は、月形徳造（つきがたとくぞう）といって、六十半ばです。私は何度か会っていますが、話の分かる人物です」

道原たちの打ち合わせをそばできいていたシマコが、「月形っていう会長に会ってみたい」といった。

「シマちゃんはヘンな趣味があるんだね」

長峰はシマコをにらんだ。

「右翼の親分って、なんとなく貫禄がありそうじゃない。その人、からだがでかいの」

「背は一六〇センチぐらいで、太っている。色白で細い目をしているが、その目が異様なほど光っているんだ」

「蛇みたいなの」

「そう。薄気味悪い。一見、口は重そうだけど、顔を赤くして喋ることがある。雄弁なんだよ。日本酒を一升ぐらい飲むらしいが、顔色は変わらないっていわれている」

シマコは、「ふうーん」といってパソコンの画面に向かった。月形会長の風貌を想像したら興味を失ったようだった。

月形徳造の自宅の一部が修龍会の事務所になっていた。松本市内では高級といわれている住宅街の一角で、彼の自宅だけが高い石の塀をめぐらせていた。

インターホンのボタンは左右の門柱に付いていた。事務所のほうを押すと男の太い声が応じ、頭の上でカチッという音がした。くぐり戸が解錠されたのだった。

門のなかは丈の低いマツがきれいに刈り込まれて、波のうねりをつくっていた。坊主頭の大柄な男が下駄を履いて出てきた。

前もって訪問を伝えておいたので、坊主頭の男に応接室に案内された。壁には大きな絵が飾られている。大海原を描いた絵で、右下に緑のマツの枝があり、中央やや左に白い帆船が波の上で揺れていた。画面下には黒い鳥が羽を広げている。

道原、吉村、長峰は立ったまま月形が入ってくるのを待った。

ひょろりとして女のように色の白い男がお茶を運んできて、軽く頭を下げて出ていった。その男と入れ替わるように月形徳造があらわれた。彼は白いシャツの上に黒いベストを着ていた。道原たち三人は、そろっておじぎをした。

長峰が、「しばらくです」と挨拶して、道原と吉村を紹介した。月形は細い目で二人の顔を見てから腰掛けた。

「お恥ずかしいことですが、警察で不祥事がありました」

道原が切り出した。機動隊員が善光寺の近くのコンビニのトイレに拳銃を置き忘れたのを話した。

「たしかに、恥ずかしいことだね」

月形は喉を痛めているような声だ。

拳銃は何者かに持ち去られたこと、後日、その拳銃で赤ん坊を抱いていた女性が撃たれ、病院に収容されていることを話した。その事実は報道で知っているらしく、月形は黙ってきいていた。

「今年の春ごろのことです。機動隊員Aは、松本から長野に向かう電車内で数人の男から、車内で女性に暴力をふるったといんねんをつけられ、途中の駅で電車を降ろされた。Aは身に憶えはないとつっぱねたが男たちは聞き入れませんでした。男たちはどうやらAの職業を知っていて、脅していたようです」

「どんな脅しを」

月形は細い目の瞳を動かした。

「Aは歌が上手い。それを知っていたらしくて、松本の裏町で流しをさせたんです」

「流し……」

「ギターを抱えて、飲み屋をのぞいて、そこの客の注文に応じて歌をうたうんです」

「ほう。そのAという男は、ギターも弾けるんですね」

「そのようです。Aには親しい女性がいて、毎週のように会っていたが、急に連絡ができなくなった。住所へいってみたら引っ越したあとだった。拳銃を置き忘れたのはそういうことがあった後でした」

「Aという男は、いまどうしているんです」

「退職しました。それから、それまで住んでいたアパートを出ていきましたが、転居先が不明です」

「首でも吊っているんじゃないかな」

「その可能性も考えられます」

「それで、私に相談とは……」

「Aを脅していたグループを知りたいんです」

「刑事さんは、うちの若いもんじゃないかってみたんでしょ」

「あるいはと」

「うちは暴力団じゃないですよ。血の気の多い者が何人かはいますけど、曲がったことはしていない。このあいだは、裏町の飲み屋へ嫌がらせをしていたやつがいたんで、捕まえて、ちょっと痛い目に遭わせたそうです」

月形は口元をゆがめた。

「Aが裏町で流しをしていたのが、事実かどうかも知りたいのです」

月形は、テーブルの上のベルを鳴らした。

さっきお茶を運んできた色白の男が入ってくると、ソファにすわっている月形の横へしゃがんだ。

「裏町には、流しがいるのか」

月形が色白にきいた。

「二人います」

「二人とも男か」

「女と男です。男はわりに若くて、最近くるようになったんですが、毎晩ではないようです。女は三、四年になりますが、ほとんど毎晩きています」

最近よくくるようになった男は、有本のことではないか。

「男がうたった店が分かるか」

「何軒かは分かると思います」

色白は部屋を出ていったが、五、六分でもどってきた。男の流しが客のリクエストに応えてうたった店が二軒分かったという。「つむじ風」と「ナンバーライト」だった。

長峰が月形に、Aを脅して流しをやらせていた男たちを知りたいといった。

「さぐってみる。分かったら知らせます」

月形はいうと、お茶を一口飲んだ。彼は道原に向かって、赤ん坊を抱いた女性を撃った犯人は、男か女かをきいた。

「まだ分かっていません。男だという人も女だという人もいるんです」

「白昼に、人の列にまぎれて撃った。大胆だね。それまでに拳銃を使ったことがあるやつじゃないのか」

「その可能性も……」

「撃たれたのは主婦ということだったが、犯罪にかかわったことのある人だったんですか」

三人の刑事は首を横に振った。道原の頭には三年前、轢き逃げされた竹中政友の姿が浮かんだ。彼は当時付合っていた緑の住まいを出たところで事件に遭った。以来、働くことのできないからだになり、猫の背中を撫でて、ぼんやりした日々を送っている。

しばらくの間、緑に関する消息は届かなかったが、善光寺で彼女が事件に遭ったのを知り、驚いたようだ。緑は長野にいた。結婚して子どもを持っていた――

いや、竹中は緑に未練があって彼女の消息を手に入れていたのかもしれない。彼女は、働くことのできなくなった竹中を見て、彼には告げずに去っていき、新しい恋人を得て結婚した。その彼女を羨んだとしてもおかしくはない。羨ましさがこうじて恨みに変わったということも考えられる。

道原と吉村は、緑を撃ったのは竹中の関係者ではという見方を捨てきっていないのだ。

紅灯(こうとう)の巷を人が行き来しはじめた。松本の裏町と呼ばれている大手(おおて)から丸の内にかけての一帯だ。

スナックのつむじ風はすぐに分かった。女性が三人いて、テーブルを拭いたり、カウンターに食器を並べたりしていた。

「いらっしゃいませ」道原と吉村が入っていくと三人はさっとカウンターのなかへ立った。

薄紫色のドレスを着た三十歳ぐらいに見える女性に、男の流しがきていたと思うが憶えているかときいた。

「ケンちゃんのことでしょうか」

「二十六歳の陽焼け顔の男です」

「本名は知りませんけど、ケンちゃんって呼んでいました。歌が抜群にうまい人です。今年の五月ごろから週に二回ぐらいきていましたけど、からだの具合でも悪いのか、最近はきません」

彼女の話によると、ケンちゃんは常連客の何人かに好かれた。おもに演歌をうたうが、たいていの客がきき惚れているという。三曲千円といっているが、ケンちゃんは商売気がなくて、四曲も五曲もサービスでうたっている。女性の流しがたまに顔をのぞかせていたが、ケンちゃんがくるようになってからは、この店にはこなくなったという。

道原と吉村は礼をいって外に出ると、ななめ前のビルにあるスナックのナンバーライトのドアを開けた。つむじ風より広い店だ。出勤したばかりらしい五十歳見当のママが、二人を刑事だと知ると眉間に皺を寄せた。まだ客は入っていなかった。

「男の流しがきていたと思いますが」

道原がきいた。

「ケンちゃんのことですね。そういえばこのごろ見えませんが、なにかあったんですか」

「行方不明なんです」

「行方不明……。なにかあって行方を……」

道原はうなずいて見せた。

「ケンちゃんは、たしか今年の五月ごろ流しにくるようになりました。最初きたときは、馴れていないけどよろしくって、律儀な挨拶をしました。そのときちょうど演歌をきくのが好きなお客さんがいて、『うたってみろ』っていったんです。ケンちゃんは釧路亜希(くしろあき)の歌をうたいましたけど、そのうまさにお客さんはみんなびっくりしていました。わたしも感心して何曲かうたってもらいました。きれいな服や着物を着てテレビでうたっている歌手より、よっぽどうまいと思いました。……わたしは、それまでなにをしていたのかって、ケンちゃんにききましたら、長野で会社勤めをしているといいました。とても行儀のいい人だと思いましたけど、自分のことを喋りたくないようだったので、流しにきたときは、うたうのを黙ってみていました」

「彼はだれかに流しをやることを、強要されていたんじゃないかと思います。強要していた者がいたとしたら、それはだれなのか分かりますか」

「流しをやらされていた……。なぜでしょうか」

「たとえば弱味をにぎって、脅していた」

「弱味ってなんでしょう……」

道原は、分からないというふうに首をかしげた。

「脅していたのだとしたら、ヤクザでしょうか」

不良グループかもしれない、と道原がいったところへ、ポケットのなかのケータイが鳴った。番号を見てから耳にあてた。「修龍会の者です」と低い声がいった。

## 4

道原に電話をくれたのは修龍会で月形徳造の秘書をしている男だった。ひょろりとした背で女のように色が白く、長い指でテーブルにお茶を置いたのを道原は憶えている。

「松国心会（しょうこくしんかい）というグループがあります。右翼を標榜しているようですが、それは見せかけで、政治活動はしていません。いわゆる不良の集まりで、メンバーは十五、六人のようです。人の弱味につけ込んで、脅しやたかりなんかもやっているようです。拠点をあちこちと変えているので、現在どこにあるのか分かっていません」

道原は礼をいって電話を切ると、署の長峰に連絡した。何か月も前に松国心会という名をきいた記憶があったからだ。

「松国心会のいまの拠点は、松本市内の井川城（いかわじょう）、薄川（すすきがわ）の中條橋（なかじょうばし）の近くです。オートバイを窃取した者と、病室を見舞客を装って訪ねて、金品を窃取した疑いのある者がメンバーにいそうだとにらんだので、押し入りました」

「窃盗犯人を挙げたの」

「そんなことをする者はいないと、親分にいわれましたし、証拠をつかむこともできなかったんです」

「親分は、どんな男」

「四十歳ぐらいで、憎ったらしいけど俳優になれそうないい男でした。私がいったときには、薄い色のスーツを着て、地味なネクタイを締めていました」

「メンバーはなにをやって、飯を食っているんだろう」

「市内にビルとラブホテルを持っています。どの不動産も松国心会で登記されています」

会長は黒部玄二郎(くろべげんじろう)だという。

松国心会が入っているビルはすぐに分かった。五階建てビルで、一階が皮膚科医院、二階が眼科医院、三階が松国心会。四階と五階がマンション。三階のドアの横に会の名を黒ぐろと書いた表札が出ていた。部屋へ入ったところが壁で、その端にカウンターがあった。

壁の向こうで男の声が、「どなた」といった。壁の向こうはあかあかと電灯が点いている。

「松本警察署の者です」

吉村が大きい声を出した。

「警察……」

カウンターへ二十歳そこそこの目の細い男が出てきた。責任者に会いたいというと、用事はなにかときいた。

「責任者と話をしたい」

吉村がいうと、若い男はぷいっと横を向いて奥へ消えた。五、六分経って出てくると、

「どうぞ」といって応接室へ案内された。白い壁にはなにも飾られておらず、殺風景だった。

若い男と入れ替わるようにグレーのスーツを着た男が入ってきて、「黒部です」といった。会長の黒部玄二郎だ。長峰がいったとおり端整な顔立ちで、髪はかたちよくウエーブしている。

「私たちは、ある男の行方をさがしています。調べていたらこちらの人が情報を持っていることが分かった。それで訪ねたんです」

道原が黒部の顔を見据えていった。

「ある男とは」

黒部は表情を変えずにきいて、二人の刑事に椅子をすすめた。顔になにか塗っているの

か光沢がある。

「行方知れずはだれですか」

「有本静男といって二十六歳です」

「知りません。きいたことのない名前ですが、なにをやっていた男ですか」

「警察官でした。事故を起こしたために退職しましたが、住んでいたところを引っ越した。その先が分からないんです」

「うちの者が、その男の住所を知っているとでもいうんですか」

「有本は、こちらに所属している何人かと一緒に行動していたことがあったらしい」

「一緒に行動とは、どういうことです」

「はっきりいいましょう。有本は、こちらに所属している何人かから、電車内で女性に暴力をふるったと、いんねんをつけられた。そういう事実はないと否定したが、付きまとわれたあげく、松本の裏町で流しをやれと強要された」

「そんなバカな」

「バカなことだが、有本は週に一、二回流しをやっていた。歌がうまいので、彼のうたをきいてくれるお客がいた。だが最近は裏町へあらわれなくなった。住所を変えたんです」

道原は話しながら黒部の表情を観察していたが、まったく動揺はしていないようだった。

「流しをやらせるなんて、奇抜なことだが、なんのためにそんなことを……」

「有本を追い込むためだったんじゃないかとみています」

「追い込む……」

「歌が好きでも、流しをやらされるのは苦痛でしょう。それで彼に苦痛を与えるために、それをやらせていたんでしょう」

「なぜそんなことを……」

「目的があったんだと思います。有本が苦痛に耐えられなくなるのを待っていたのでは」

「苦痛に耐えられなくなって逃げた。逃げるぐらいのことは想定できたと思う。逃げる前にその男は、からまれたり脅されたりしていたので、それに耐えられなくなって要求を呑んだ。そのために警察にはいられなくなった。そういうことじゃないんですか」

道原は声に出さず、黒部の推測にうなずいた。

「うちの者がそういう脅しに関係したとは思えませんが、調べます。少し時間をください」

黒部には外出する予定でもあったのか、袖口をめくって時計に目をやった。ポーズかもしれなかったが、道原は、連絡を待っているといって、立ち上がった。

道路に出てからビルの三階を仰いだ。あかあかと点いていた窓の灯りが消えた。

川の上の南東の空に円い月が浮かんでいた。月の下を雲が流れているのが見えた。昼間は暑かったが、頬を撫でた風には確実に秋の気配があった。

「黒部は連絡をよこすでしょうか」

月を眺めている道原に吉村が肩を並べた。

「よこすと思う。彼には有本を脅していた者たちの見当がついていたようだ。おれの話にすぐに返答をしなかったのは、脅していた連中から事情をききたいからじゃないかと思う」

松国心会が入っているビルの横から黒い車が出てきて、橋を渡っていった。

道原の勘はあたって、翌日、黒部玄二郎から連絡があった。午後零時半に、善光寺・釈迦堂通りの連行院(れんぎょういん)で会いたいがどうかといった。釈迦堂通りといったら善光寺仲見世通りの裏側ではないか。連行院は本山を護っている子院の一つだろう。道原は了解したと答えた。

「お寺で会うとは……」

吉村は首をかしげた。

黒部はどんなことを答えるか。有本を脅していた犯人が分かったとでもいうのだろうか。

道原と吉村は、正午前に善光寺に着いて、駐車場へ車を置いた。

「お参りしていこう」

緩い登りになっている石だたみの表参道から仁王門を向いた。

仁王門北側に立つ三面大黒天と三宝荒神は、高村光雲と米原雲海の作である。仲見世通りにはきょうも参詣客や観光にきた人たちが大勢いた。道原と吉村は、石曽根緑が撃たれた漬け物店の前に立った。狙撃犯人を見たと明快に答えている目撃者はまだあらわれていない。

山門を向いて右手に、地獄、餓鬼、畜生、修羅、人、天界の六地蔵が並んでいる。そのなかの地獄界の地蔵は、苦しんでいる人を一刻も早く救いにいこうと、片足を踏み出しているというのを、なにかで読んだのを思い出して、道原は近づいた。

本堂に参拝して階段を下りると、登ってきた方向を向いた吉村が、

「本山を護っている小さいお寺には、院と坊がありますが、それはどうちがうんですか」

と、きいた。

道原は以前、通人にきいたことを思い出した。

「善光寺は無宗派だが、境内にある天台宗の大勧進と、浄土宗の大本願の二つの寺が護っていて、院のほうは大勧進、坊は大本願に属しているということだ。院と坊を合わせて四十戸ぐらいあるらしい」

吉村は、ふうんといって、道原の顔を見直した。

絵馬を読んだ。他人が読むものではないが、面白いものである。

「困っています。息子がいつまでたっても家を出て行きません。

12月29日

［善光寺さま、長いあいだお見守りくださりありがとうございました。これでもう思い残すことはございません。
長野市　川口］

［合格しましたけど、残念なことが。頼るところがないので、ここへ来ました。
一月四日いく（八十七歳）］

二月二十六日

松本市　長生］

参道沿いにはそば屋が何軒もあり、創業文政十年という店もあるし、七味唐がらしの老舗もある。この近くで、「稲妻や一もくさんに善光寺」という句碑を見たことを道原は思い出した。

黒部に指定された連行院の檜づくりの門は新しそうだった。玄関は開け放されて、障子の戸がぴたりと閉まっていた。

吉村が奥に向かって声を掛けると、「はい。ただいま」と声がして、白いシャツを着た坊主頭の若い男が出てきて、道原たちに向かって手を合わせた。玄関は料理屋のようだがここは寺であり、宿坊であった。

通されたのは和室だった。座布団は薄かった。すぐにふすまが開いて黒部が入ってきた。彼の後ろを五十歳ぐらいの僧侶がついてきて、道原たちに挨拶した。お茶が出てきて、障子もふすまも閉められた。

黒部はこの宿坊をたびたび使っているらしく、はじめ正座をしたがすぐにあぐらをかいた。その態度は馴れ馴れしく見えた。

「分かりましたか」

道原が、単刀直入に有本静男を脅していたらしいグループのことをきいた。

「分かりません」

黒部は、はねつけるような返事をした。

ここへわざわざ呼びつけておいて、分かりませんはないだろうという顔をすると、

「いろいろ調べたところ、上田（うえだ）に不良のグループがいることが分かりました。そいつらは長野市内でオートバイを何台も盗んで、乗りまわしていたこともあった。当然だが捕まって、刑をくらいました。そいつらの頭（かしら）は経堂（きょうどう）という女ヤクザです。有本という男に流しをやらせていたのは、経堂のグループじゃないかと思います。あとは、分かりません」

「経堂という女は何歳ぐらいですか」

女ヤクザといったので、道原は関心を強くした。

「三十前です」

「黒部さんは、その女に会ったことがありますか」

「一度あります。いい女です。ああいうのを小股が切れ上がったっていうんでしょうね」

「なにか商売をしていますか」

「本職っていうのはおかしないいかただが詐欺をやってるんじゃないかな。経堂の下にいる男が、新潟の八十代の男に、警察官を名乗って、二千万円を騙し取った。そいつは捕まって、いまは刑務所に入っているはずです」

簡単な精進料理が出てきた。酒なしでそれを馳走になると、席を立った。黒部はすわったまま、「ご苦労さまでした」といった。

## 5

上田署へは四十キロぐらいだった。

上田市の人口は約十五万五千三百。長野市、松本市に次ぐ県内三番目の都市だ。

刑事課を訪ねると増沢という五十歳ぐらいの警部が応対した。

名称は分からないが、経堂という名字の女性がボスの不良グループが上田にあるらしいがというと、それは「弧城」といって、主に詐欺をはたらいているらしい二十人ぐらいの集団だという。

「リーダーは女ですか」

道原がきいた。

「経堂奈々江（ななえ）といって、二十八歳です」

「器量よしときいていますが」

「身長は一七〇センチぐらいの痩せ形で、ちょっとキツい目付きをしていますが、めったにいないようないい女です。そういう女なので、男が吸いつくように寄ってくるんです」

増沢は笑った。

「上田の出身ですか」

「上田城を築いた真田昌幸（さなだまさゆき）に仕えた当時の重臣の末裔だそうです。お城の近くに奈々江の自宅がありますが、そこは大きい家です」

「なにか商売をしているんですか」

「父親の幸十郎（こうじゅうろう）は以前は大手会社に勤めていたということですが、現在はいくつかの会社の株を所有して、配当で暮らしているようです。母親ともども上田にはめったに帰ってこないということです」

「本宅とは別のところに住まいが……」

「東京にいることが多いといっています。私は一度、幸十郎に会っていますが、穏やかな話しかたをする人でした。娘がヤクザのようなことをやっているがとききましたら、そうですかと、まるで他人事のような返事をしました。母親にも会いましたが、暖簾に腕押しみたいな返事で、困ったとも、いまやっていることをやめさせるともいいませんでした」

「経堂の配下と思われる男が、警察官を名乗って、年寄りから多額の金を詐取したそうですが」

「新潟で起こした事件です。独り暮らしの八十代の男性に電話で、『詐欺の犯人が持っている名簿に、あなたの名前が載っている。あなたは持っているお金を騙し取られるかもしれないので、銀行から下ろすように』なんていって、何回かに分けて二千万円ぐらいを詐取したんです。その事件は、別居している被害者の身内が気付いて、警察に相談したのがきっかけで、経堂の配下の男は逮捕されました。その男の犯行と思われる事件が、千曲市でも起きています。八十代のある男性が孤独死しましたが、身内が遺品を整理していて一冊のノートを見つけた。それには、上田市の男に多額の現金を騙し取られたことに気付いていたことが書いてありました。その手記によって男は逮捕されました。男は何年も前から詐欺をやっていたんです」

「経堂は、その男がやった事件に関係していそうですか」

「彼女は、参考までに事情を聴かれていますが、まったく関係がないし、逮捕された男がやっていたことは知らなかったといいきっているんです。……彼女は詐欺事件以外の重大事件でも疑惑を持たれていますが、証拠がないので、事情聴取を何度かしただけでした」

「重大事件とは、どんな……」

道原がきいた。

「今年四月ですが、上田市内の精密機械会社の五十五歳の社長が、千曲川で遺体で発見されました。遺体を検べたら腹と背中に打撲の跡があったことから、殺害されて、千曲川へ運ばれてきたものと断定しました」

その事件なら道原は憶えている。いや、いままで忘れていた。増沢にいわれて、未解決だったのを知った。

「その事件で経堂奈々江を疑った理由は……」

「殺された社長は村崎鉄国さん。事件の一年半ぐらい前に奥さんを病気で亡くしました。それで寂しかったからか、ときどき飲み屋へ独りでいくようになっていました。どうやら飲み屋で経堂奈々江と知り合ったようです。知り合ってからはちょくちょく、食事をしたり、飲みにいったりしていました。それは村崎さんが奈々江を好きになったからです。村崎さんは奈々江の身元を知ったが、ヤクザのようなことをやっていて、配下が何人もいることなどは知らなかったんじゃないでしょうか」

「村崎さんは上田の出身ですか」

「いいえ。生まれは横浜です。東京の工業大学を卒業して、大手企業に就職して、その会社が上田に生産拠点をつくりました。四十二、三歳のときに独立して、大手企業の下請けをしながらロボット製作部門を充実させて、湿度を測りながら掃除をするロボットを独自に生産するようになったということで、社員は七十人ぐらいです」

「社長が事件に遭って、会社の業績に影響はないのでしょうか」

「村崎さんの長男が社長になっています。三十歳ぐらいですが、しっかりした人ですので、突然襲ってきた大波ですが、乗り越えていくんじゃないでしょうか」

増沢は、道原と吉村の顔に、無言館というのを知っているかときいた。

太平洋戦争で亡くなった美大生をはじめ、美術を学んでいた学生が遺した絵画などを保管、展示している「戦没画学生慰霊美術館」のことをいった。

「見学をしたことはありませんが、存在は知っています」

道原がいうと、村崎の自宅は無言館近くの雑木林のなかだと増沢はいった。彼はその家を何度か訪ねているという。

上田署を訪ねた目的は、行方不明の有本静男をさがすためだった。松国心会の黒部は、有本は上田の弧城というグループにかくまわれているとみたので、道原たちに教えたのではないか。

「経堂奈々江の自宅は分かっていますか」

道原がきくと増沢はうなずいて、上田市内の地図を広げた。

奈々江の住所と弧城の事務所所在地は、上田城の西と北で五百メートルぐらいはなれていることが分かった。両方とも一戸建ての住宅だという。

「奈々江はだれかと住んでいるんですか」

「六十半ばのお手伝いが住み込んでいます。彼女は独身です。決まった男がいるのかいないのかも分かっていません。一週間、彼女の行動を監視したことがありますが、男の存在は分かりませんでした。彼女は、上田駅の近くでレストラン、松尾町でスナックをやっています。それはまともな商売で、弧城とは無関係のようです」

弧城の事務所は奈々江の配下のたまり場だというので、そこを見ることにした。増沢が道原たちの車に乗った。

まず上田城の西側にあたる奈々江の住居を見ることにした。上田城は高台だが、野球場、陸上競技場、博物館、広い駐車場などに囲まれていた。奈々江の住まいは体育館のすぐ近くだった。一部二階建ての木造の家を生垣が囲んでいた。芝生の庭がある。カキの木に蔦がからまっていた。屋根付きの門の柱には「城下」という小ぶりの表札が貼りついていた。増沢が奈々江に「じょうか」と読むのか、それとも「しろした」かときいたところ彼女は、『どちらでも』と不愛想に答えたという。

芝生には枯れ葉が二、三枚落ちていた。

「きれいな家ですね」

吉村がいったが、その家には生活感がない。独身の女性とお手伝いが住んでいるだけだからか。

門柱のインターホンを押すと女性の声が応えた。

「経堂奈々江さんですか」

増沢がきいた。

「手伝いの者です。奈々江さんは外出中であります」

「警察の者ですが、あなたにききたいことがあります」

「わたしは、なにもお話しすることはありませんので、どうかご勘弁ください」

なにをきかれても応じるなと、釘を刺されているのだろう。

「こちらには、二十六歳の男の人がいますね」

有本静男を指しているのだ。

「いいえ。どなたもおりません」

「隠すと、罪になりますよ」

「そんなことをおっしゃらないでください。ほんとうにだれもいないのですから」

お手伝いの女性は胆が据わっていそうだ。

「奈々江さんは、どこにいますか」

「行き先は存じません」

「奈々江さんは、あなたに、どこそこへいくと告げて出掛けないんですか」

「そうです。忙しい方ですので、あちらこちらと駆けまわっていると思います」

増沢は、またくる、といって門をはなれた。

「弧城」の事務所を見にいった。そこも二階建ての一軒屋で、三方をエゾマツとスギで囲まれていた。建物は城下家よりも古そうだ。木造の門があって、近づく者を拒むように扉はぴたりと閉まっていた。

増沢がインターホンに呼び掛けると、男の声が応じた。奈々江はいるかときいたところ、

「きていません」

若そうな声が答えた。

ききたいことがあるので、なかへ入れてくれというと、下駄の音がして、くぐり戸が開いた。男が三人踏み込んだので、髪の短い二十代半ばに見える男は、たじろぐように後じさりして、上目遣いをした。

「いまここには何人いるんだ」

「三人です」

増沢が低い声できいた。

「なにをしているんだ」

「なにもしていません」

玄関に男の顔が二つ並んだ。その二人も二十代に見えた。

道原たちは、玄関へ入った。靴が捨てられたように散らばっている。タバコの臭いと魚を焼いているような匂いもまじっていた。

「あんたたちは、毎日、ここへきているのか」

増沢は玄関を見まわした。大ぶりの靴箱が据えてあり、それに傘が何本も立てかけてあった。

「なにもしていないって、あんたたちの職業はなんなんだ」

三人は顔を見合わせた。返事に詰まっていた。彼らは詐欺事件や、千曲川で殺されていた村崎鉄国の事件にいくらかでもかかわっているのではないか。

「この家を何人が利用しているんだ」

道原がきいた。

「五、六人です」

額に傷跡のある男が答えた。

「もっといるだろう」

増沢が傷跡のある男をにらみつけた。

男は曖昧な首の振りかたをして横を向いた。

吉村が、有本静男の写真を三人に見せ、

「見たことがあるか」

ときいた。二人は知らない男だといったが、傷跡のある男はなにも答えず、家の奥へと消えようとした。それを見た増沢が、男の腕をつかんだ。

「写真をよく見ろ」

しかし男は横を向いたままだ。写真の男に見憶えがあったにちがいない。

「写真の男の名は有本静男だ。会ったことがあるんだな」

増沢は腕をぐいっと引っ張った。

「ありません」

顔が引きつっている。有本を見たことがあるが、それをだれにも話すなといわれているのではないか。それを増沢は見抜いたらしく、男に氏名をきいた。

「菊池(きくち)です」

「フルネームをいってくれ」

「菊池弘也(ひろや)」

増沢はメモをしてからも、菊池の顔をにらみつけていたが、髪を短く刈った男ともう一人の男の氏名もきいた。若い三人は蒼ざめた顔をした。

「ここは、だれの持ち家か分かっているのか」

「経堂さんの家です」

「他人の家を勝手に使っているのか」

「おれたちは、留守番をしているんです」

「若い者が三人で。……きょうは経堂さんはどこにいる」

三人は顔を見合わせたが、分からないというふうに首を振った。

# 第五章　生き血の女

## 1

広い駐車場から石垣の上に建つ上田城の櫓が見えた。吉村は上田城を見学したことがないというので、入ることにした。

この場所には、真田氏の以前に小県郡の土豪小泉氏の砦があったとの説もある。真田の印の六連銭旗があちらこちらにはためいている。真田昌幸の築城開始は一五八三年（天正十一）ごろで、八五年には完成していたと推定されている。虎口（出入口）に石垣を使った簡素な城だが、徳川家康の大軍を二度も撃退したことで知られている。

樹木に囲まれた急な階段を昇った。閉門が近い時間帯なのに観光客が何組もいた。

眞田神社に参拝した。薄い紙のおみくじがぎっしりと綱に結ばれていた。直径二メートルの井戸があった。深さは約十六メートル。この井戸には抜け穴があって、城北の太郎山麓や上田藩主居館に通じていたという伝説があるという。

真田石という直径三メートルの大石が使われた石垣もみごとだが、一段、二段、三段と積み上げられた石垣の上の櫓は堅牢で風雅である。駐車場へ去って、暮れかかった空を仰ぐと、黒ずんできた櫓の横に白くて円い月が浮かんでいた。


三人は、弧城の事務所を張り込むことにした。この家にいた若い男たちのうち菊池弘也は、有本を見たことがあったようだ。

有本は不良グループから脅されて、松本の裏町で流しをやっていた。脅していたグループが経堂奈々江の配下ではないのか。彼女の指揮によって有本を脅していたことも考えられるが、グループの最終目的が問題なのである。

事務所の一階には灯りが点いていた。十分ほど経つと縁側のガラス戸が開いた。部屋の空気を入れ替えていたのか男が立って外を見ていたが、雨戸を閉めた。台所付近の窓だけに灯りが点いている。勤めている人の帰りを待っている普通の家のように見えていたが、黒い車が門の前へとまった。と、門が開いた。背の高い女性が車を降りた。少し大きいバッグを持っていた。運転席に乗っているのも女性のように見えた。黒い車には中天の月が映った。車は月を乗せて門の前を走り去った。

バッグを持って車を降りた女性は奈々江だと増沢がいった。彼は奈々江の容姿を目に焼きつけていたようだ。

「彼女に会いましょう」

増沢がいって車を降りた。道原は久しぶりに自分の鼓動をきいた。

門は閉まっていたので、インターホンに呼び掛けた。増沢が、「経堂さんに会いたい」といった。男が、「会長は不在です」と答えた。

「経堂さんが、たったいま帰ってきたのを見たんだ」

下駄の音が近づいてきて、くぐり戸が開いた。薄暗がりのなかに坊主頭の男が立っていた。増沢、吉村、道原の順に門のなかへ入った。玄関には灯りが点いていた。さっき菊池と名乗った男が、三人の刑事を出迎えるように玄関のたたきで頭を下げた。さっきとは態度が変わっている。ボスの奈々江がいるからだろうか。

菊池が三人を応接間へ通した。

ソファには奈々江がすわっていて、

「いらっしゃいませ」

と、無表情でいった。薄く染めた髪を両肩に広げている。目の縁をくっきりと描いているが、化粧は薄い。

「しばらくだね。夜分に失礼だと思ったが、あんたが車から降りるのを見掛けたので」

「張り込んでいたんでしょ。ご用はなんですか」

「忙しそうだね」

「そう、忙しいんです。これからまだ仕事があるんです」

彼女は増沢の顔から視線をずらさなかった。

増沢が、道原と吉村を紹介した。

「松本の刑事さんが、なぜ上田へ……」

奈々江はわずかに首を曲げた。

「松本の裏町をご存じですか」

道原が前置きなしに切り出した。

彼女は意表をつかれてか目を見張った。

「知っています」

「そこで最近までの二、三か月のあいだ、ギターを抱えて流しをやっていた男がいました」

「流し……」

菊池が、紅茶を白い盆にのせてきた。テーブルに置かれた器は白い平凡な物だったが、紅茶の湯気は高い香りを立てていた。

「流しは、その男の意思ではなくて、何者かに強要されてやっていたんです」

「強要されてなんて、ヘンな話なんですね。その人、歌が上手いんですか」

「テレビでうたっている本物の歌手よりも、上手いといった人がいました」

「その流しの男が、どうしたんですか」

「その男は、あるグループに脅されていたらしい」

奈々江は、なんの話かというふうに眉間に皺を寄せた。

「あるグループは、ここの連中らしい」

「ちょっと待ってください。その流しがなにをやったか知らないけど、ここには、脅しをやってるような者はいませんよ。そんな話を、どこで仕入れてきたんです」

彼女は目に力を込めたようだ。

「こちらのやっていることに詳しい人がいて、経堂さんの配下のなかに、そういうことをやる者がいるという情報をもらったんです」

「見当ちがい……」

彼女は紅茶を一口飲んだ。

「あんたは事業家気取りだろうけど、いろんな方面で疑われているんだよ」

増沢が彼女をにらみつけた。

「心外です」

「いま、配下の者は何人いるんだね」

「配下だなんて、嫌ないいかたです」

「三、四十人はいるんだろ」

「そんなにはいません。十五人ぐらい」

「そのうちの何人かが、市内のマンションかアパートを借りて、詐欺をはたらいているんだろ」

「そんな、極道の集団みたいにいわないでください」

彼女はそういったが、少しも顔色を変えなかった。

「あんたには、ここへ出入りしている者の身元を書いたものを署に届けるようにといってあるが、まだ提出されていない」

「出しませんよ、そんなもの。個人情報じゃないですか。だれがどこへ出入りしていようと勝手です」

彼女は眉ひとつ動かさなかった。

吉村が有本静男の写真を彼女の前に置いて、会ったことがある男ではないかときいた。

道原は彼女の表情をうかがった。

「だれですか、これ……」

彼女は写真を手に取らずじっと見ていた。

「不良グループに脅されて、松本で流しをやっていた男ですが、最近住所を移した」

「刑事さんたちは、この写真の男の居どころをさがしているんですね」

「そう。あんたの配下に、その男の所在を知っている者がいそうなんだ」

増沢は上半身を彼女のほうへ乗り出した。

「この男、流しをやってただけでなくて、なにかやったんでしょ……」

「そうです」

吉村は、奈々江の顔をのぞき込んだ。

「なにをやったんです」

「重大なことです」

「いえないのね。いえないってことは、警察に関係があるからでしょ」

三人の刑事は口をつぐんで顎を撫でた。

彼女は、手首で光っている時計に目を落とすと、

「わたしは出掛けなきゃ」

といって腰を浮かせた。「店で会う約束をしている人がいるんです。刑事さんたちも、よかったら『りゅうぐう』へどうぞ」

りゅうぐうというのは、彼女がやっている酒場のことだ。

三人の刑事は、追い払われるような格好で門をくぐり出た。と、そこには黒い乗用車がとまっていた。運転席でロボットのように前を向いているのは女性だった。

三人の刑事は上田署の近くで食事をしながら話し合った。

あしたから、上田署員が自宅を張り込み、経堂奈々江の行動を監視する。一方、弧城の事務所も張り込んで、出入りする者の後を尾ける。

「今夜も張り込みたいところがあります」

道原は、カツ丼を食べ終えていった。

「今夜。どこを……」

増沢は飲みかけた湯呑みを置いた。

「りゅうぐうです。さっきの奈々江は、その店でだれかに会うといっていました。それがだれなのかは分からないけど、店から出てきた人をつかまえようと思う。彼女に会いにきた人だったら、なにか情報を拾えそうな気がします」

増沢はうなずくと、署へ電話した。

二十分ばかりすると、三十代と思われる刑事が二人食堂へやってきた。二人ともカツ丼を頼んだ。

「経堂奈々江がやっているスナックを知ってるか」

増沢が二人にきいた。二人は首を横に振ったが、上田署が奈々江をマークしていることは知っているといった。

「今夜は、りゅうぐうという店から出てきた人の後を尾けて、店からはなれたところでつから振りになるかもしれないかまえる。奈々江に会った人なら、なにかをきけると思う。彼女の容姿についてきいたことがあるなら、やってくれ」

二人はうなずくと、奈々江を直に見たいといった。彼女の容姿についてきいたことがあったのだろう。

二人の刑事はカツ丼を食べたが不満だったらしく、いなりずしを二つずつ食べて腹を撫でた。

円い月はビルの陰に沈んでしまったらしく、頭上では雲がいくつか光っていた。

スナックりゅうぐうは、ビルの三階だった。その店のドアが見える場所に車をとめた。

二台の車が挟み撃ちする格好で、金色の文字を書いたドアをななめ下の位置からにらんだ。

2

スナックのりゅうぐうを張り込んで約一時間が経過した。その間に二組が店に入った。常連客だろう。道原が時計を見たところへ黒い車がビルの前へとまった。運転しているのは女性だ。店のドアが開いた。奈々江が出てきて、黒い車に乗った。その車を上田署員が尾行した。

それから十分としないうちにビルの前へタクシーがとまった。店のドアが開いて男が一人出てきた。ホステスらしい女性がその男を階段の下り口まで送って、手を振った。男は手すりをつかみながら階段を下りた。酔っているらしい。五十歳見当だ。タクシーのドアが開いた。男が呼んだ車だろう。そのタクシーを道原たちは尾けた。

北へ向かって走り、七、八分で住宅地へ入った。マツの枝が腕のように門の外へ延びている家の前で男はタクシーを降りた。男はふらつきながら門のなかへ消えた。門柱には表札があって、「笠間順一郎」と黒い文字が浮いていた。

増沢から電話があった。奈々江は城下という表札を出している自宅へ帰ったという。

尾行を終えた二台は上田署で落ち合った。

道原は、りゅうぐうで飲んでいた男は千鳥足で笠間という表札の出ている家へ入ったので、帰宅したのだと思うといった。

「その男は、笠間順一郎でしょう。彼は五十一歳で石屋をやっています」

「石屋……」

「石碑に文字を彫る石屋です。上田市真田町長の横沢というところに、自宅と店というか作業場がありましたが、五年ほど前に大金を手にしたことから、いまの家を新築して住むようになったんです。横沢には現在も住宅と作業場がありますが、商売のほうは人任せにしているという噂があります」

増沢は、口に手をあてて小さな咳をした。

「大金を手にしたとは、どういう手段で」

「アメリカで旅行中に宝くじを買ったら、それが一等にあたったということです」

「アメリカの宝くじは、日本のとは大ちがいの高額だときいたことがあります」

「百億円か、もっと上かも。そんな大金を持って帰れないので、大半は現地の銀行にあずけてあるそうです。……それは人からきいたことですが、高額の宝くじがあたったのは事実のようです」

大金を手にした笠間は、それまでのように鏨の頭を金槌で叩いて石に文字を彫っていられなくなった。以前は真面目で、従業員が帰ってからも夜遅くまで仕事をしていたし、市内の寺の依頼で石像を京都の石屋につくらせたりもしていた。

最近は年配の職人と見習いの男が横沢の店にいるが、笠間はめったに立ち寄らず、スーツを着て、高級車に乗ってたびたび東京などへ出掛けることが知られているという。

「そういう男が、経堂奈々江の店へいっている。以前は、外で酒を飲むような男じゃなかったのに」

先ほど、奈々江がりゅうぐうで会う人がいるといっていたが、もしかしたらその客は笠間順一郎だったのではないか。そうだったとしたら彼女はどういう用事で笠間に会ったのか。それとも笠間が彼女に用事を持ちかけたのか。

「あしたが面白くなりましたよ」

増沢は、うきうきしているようないいかたをして、道原と吉村に、今夜は上田へ泊まったほうがいいのではないかといった。

「いいえ、上田市と松本市は隣接ですので」

警察にはやかましい規則があるので、いったん帰署することにした。

次の朝は、早目に出発したかったので三船課長の自宅へ電話した。

「あすも上田で調べることがあるんなら、上田へ泊まればよかったのに」

といわれた。無断で上田に泊まったら文句をいわれたにちがいない。


けさも晴れていた。国道一四三号の松本街道へ入ると、赤とんぼが群をなしていた。羊腸(ようちょう)の地蔵峠(じぞうとうげ)と青木峠(あおきとうげ)を越えた。上田盆地への下りにかかったところにコスモスの群生地があったので、車を降りてひと息入れた。赤とんぼはなにを追っているのか、乱れ飛んでいる。吉村は両手で天を突くと吠えるような大声を上げた。

上田署の増沢は、道原たちの到着を待っていた。経堂奈々江の住まいの城下家をこれから訪ねるのだ。

けさの増沢は髭をあたらなかったらしく顎が黒く見えた。

城下家に着いた。カキの木にとまっていた鳥が飛び立った。

道原がインターホンを鳴らすと、「はあい」と若そうな女性の声が返ってきた。

「経堂奈々江さんに会いにきました」

「お約束でしょうか」

明らかにきのうのお手伝いとはちがう声だ。

「約束はしていません。私は警察の者です。奈々江さんはいらっしゃるんでしょ」

「まだ寝(やす)んでいます。警察の方が、どんなご用ですか」

声は歯切れがいい。

「ご本人にしかいえません」

「起きられるかどうか、ききますので、五分後にまたピンポンしてください」

奈々江は年配のお手伝いと二人暮らしかと思っていたが、もう一人いるのか。もしかしたらゆうべ黒い車を運転していた女性なのではないか。

時計を見てあらためて門柱のボタンを押した。

「会ってもいいっていってますので、いまくぐり戸を開けます」

二分ばかりすると小さな足音がきこえて、くぐり戸の錠を解いた音がした。

「どうぞお入りください」

といった女性は二十歳ぐらいに見えた。身長は一六〇センチぐらいで、やや面長だ。くりっとした丸い目の可愛い娘だ。

三人が門のなかへ入ると、女性はくぐり戸の錠を閉めた。

増沢が彼女に名前をきくと、「舞」だと答えた。フルネームをきくと、

「舞でいいじゃないですか」

と抵抗した。

「きのうは年配の女性がいたが」

「います。いま朝ご飯の準備をしています」

彼女が玄関の木製のドアを開けた。靴箱の上には桔梗が白い花瓶に一輪だけ挿してあった。

増沢、道原、吉村の順に靴を脱ぎスリッパを履いた。玄関を上がってすぐ左手が洋風の応接間だった。この部屋へ初めて入る人を圧倒するような大きな絵が壁に架かっていた。朝の光がわずかに差しはじめた川面から霧が立ち上っている。そこでタンチョウが、「コー、コー」と鳴いている声がきこえるようだ。五、六羽のタンチョウは餌をついばんでいたり、長い嘴を天に向けている。背景は草原のようだ。紫色の空間を薄いオレンジ色の光の条が射している。

道原は棒を呑んだように絵を向いて立ちつくした。

奈々江は、三人の刑事を三十分ほど待たせた。ピンクのガウンを着て応接間へ入ってくると、

「朝早くからなんですか」

と、肩にかかった髪を振り払った。不機嫌を人に見せるとき女性がやるしぐさだ。

「ゆうべは、笠間順一郎さんにお会いになりましたね」

増沢がきいた。

「会いましたけど、どうしてそれが分かったんですか」

彼女は眠気がふっ飛んだような顔をした。

「笠間さんが、りゅうぐうから出てくるのを見掛けたんです」

「偶然見掛けたようないいかただけど、りゅうぐうを張り込んでいたんじゃないの」

「いいえ」

増沢は化粧気のない奈々江の顔をにらんでいる。

「笠間さんは、景気がいいから、りゅうぐうへはちょくちょくくるんでしょうね」

「いいお客さんですよ」

彼女はそういってから唇をすぼめ、首をかしげた。なにか考えているような表情だ。道原も吉村も素顔の彼女を観察した。

ゆうべの彼女は、大切な客と会うようなことをいってりゅうぐうへいった。その客は笠間のことだったにちがいない。笠間は金持ちになったので、酒場の経営者である奈々江は彼を丁重に扱っているのだろうが、二人のあいだには相談事でもあるのではないか。

彼女はいいかけて顎の下で手を組んだ。「警察に相談しようかなって、迷っていたんです」

「じつは……」

「なにがあったんですか」

増沢は奈々江に首を伸ばした。

彼女は三人の刑事の顔を見てから、少し声を潜めて話しはじめた。

「笠間さんには可愛い人がいます」

愛人のことだ。「その人は、笠間さんの子を産みました。女の子でいま二歳です。その子が三日前に公園からいなくなりました」

「公園からいなくなったとは……」

「お母さんがちょっと目をはなしたすきに」

「だれかに攫われたんじゃないのか」

「どうもそうらしい」

「そうらしいって、なぜすぐに警察に知らせなかったんです」

「警察にはいえない事情があるからです。……分かるでしょ、その事情」

「分かりません」

増沢は怒ったようないいかたをした。

「笠間さんは愛人がいることを、奥さんには知られていなかった。子どもがいることもです。子どもが攫われた事件が起きれば、それは奥さんにも知られます。ですので内密に子どもの行方をさがす方法はないかって、わたしは相談を受けたんです」

「笠間さんはなぜそれをあんたに……」

「うちには、若いもんが何人かいるので……」

心あたりを嗅ぎまわることが可能だというのだろう。

「子どもは、神隠しに遭ったんじゃない。まちがいなくだれかに攫われたんだ。子どもを連れ去った者から連絡は」

「いまのところないそうです」

「ない。おかしいな」

増沢は無精髭の顎に手をやってから、道原のほうを向いた。

瞬間的に、有本静男の捜索に上田へきたのに、妙な事件にかかわることになったという思いが道原の頭のなかを走った。

増沢は奈々江に向き直ると、笠間の愛人の名をきいた。

「宮内日菜。前にりゅうぐうで働いていた人です」

その女性は二十五歳。住所は上田市緑が丘。信州上田医療センターの近くだという。

刑事の三人は腕組みした。道原は昨夜の笠間の姿を思い出した。スナックを出ると足をふらつかせながらビルの階段を下りてきてタクシーに乗って帰宅した。愛人が産んだ子が行方不明になっているというのに、鼻歌でもうたっているように見えた。

「笠間さんに、子どもの行方不明者届を出すようにすすめてみてください」

増沢にいわれると奈々江はうなずいて、スマホをにぎった。長い指がはねるような動きをした。スマホを耳にあてると部屋を出ていった。

「おかしいな」

増沢は腰をずらして道原たちのほうを向いた。

「子どもを誘拐した犯人は、笠間が大金持ちだということを知っているにちがいない。金を奪うのが目的なら、とっくに身代金を要求していそうなものです」

「身代金を要求するとしたら、電話を掛けてよこすでしょうが、どこへ掛けてくるか。笠間のケータイの番号を知っている者なら……。子どもの母親にか、それとも笠間の自宅にか」

道原がそういったところへ、電話を終えた奈々江が入ってきた。笠間と連絡が取れたのでここへきてもらうことにしたというと、椅子に落ちるようにすわった。

## 3

笠間順一郎がやってきた。中肉中背だ。髪の生えぎわが後退している。目は小さいが鼻が大きい。なんとなく人のよさそうな面相の男である。

応接間へ入ってきた彼は、刑事たちを見ると揉み手をしてから椅子にすわった。

「災難にお遭いになりましたね」

増沢がいうと笠間は、「はあ」といって、また厚い手を揉んだ。その指は太かった。

「お子さんは何者かに攫われたにちがいない。お子さんの名は」

「麻衣子(まいこ)です。あ、名字は宮内です」

三人の刑事は、笠間のいったことをメモした。

「犯人からどこにも電話がないというのはおかしい。ケータイからケータイに掛けると記録が残るので、それはしないと思います。狙われるのは笠間さんのお宅の固定電話ではないかと思う。気になる電話が入ったことはありませんか」

「なかったと思います」

「犯人は、あなたから金を奪おうとしていることが考えられる。あなたが大金持ちだということを、何人ぐらいが知っているでしょうか」

「大勢ではないと思います」

「あなたはほとんど仕事をしなくなったし、家を新築したし、いい車に乗っている。そういうことを知った人はほかの人に話す。きいた人はまたべつの人に話す。羨ましがっている人もいるでしょう。上田市内だけでもかなりの数の人が、あなたがどうして大金持ちになったのかを知っていると思いますよ」

笠間は太い指をにぎって顔を伏せた。

増沢は笠間の家族のことをきいた。妻と二人の娘で、娘は二人とも市内の企業に勤めていると答えた。

舞が紅茶を運んできてカップを各人の前へ置くと、笠間の横顔を見てから部屋を出ていった。

奈々江は何度も部屋を出ていく。電話が掛かってくるのだった。

増沢がなにかを思い付いたらしく、急に椅子を立つと、道原と吉村を促した。三人は隣室へ移った。ガラス越しにコスモスの咲く庭が見えた。

「麻衣子ちゃんを連れ去ったのは、弧城のメンバーじゃないかって気付いたんです」

「弧城のメンバー……」

「弧城には十四、五人がいましたが、詐欺で捕まったりして、グループは割れました。弧城を出ていった者のなかに、笠間さんが大金を持っているのを、知ったのがいたんじゃないかって気付いたんです」

増沢の勘はあたっていそうな気がしたので、道原は奈々江に話すことを提案した。

奈々江はスマホをつかんで応接間にもどってきた。気に障ることでも起きたのか、目尻が吊り上がっているように見えた。

刑事は笠間を応接間に残して、奈々江と一緒に隣室へ移った。増沢が、弧城を出ていった者たちの拠点を知っているかと彼女にきいた。

彼女はスマホの画面を白くて長い指で突いた。

「鍛冶町のマンション三階に溝口一平という三十半ばの男が住んでいるそうです。わたしはいったことがないので、いまなにをやっているかは知りません。情報によると、弧城を出ていった者のうち二、三人が、そこに出入りしているようです」

「溝口という男は、弧城のメンバーだったんだね」

「そう。二年ぐらい前に、わたしといい合いをしたんです。それでわたしのことが気に入らなくなったらしくて、寄りつかなくなりました。気の荒い男で、口より先に手を出すようなところがあるんです」

「その溝口は、笠間さんのことを知っていただろうか」

「耳聡い男だから知ってたでしょうね」

「身代金を要求しそうか」

「金に困っているとしたら、あるいは……」

「笠間さんと宮内日菜さんの間柄についてはどうだろう」

「男が急に大金持ちになる。女をつくらないわけがないって、たいていの人は想像すると思う。その男から金を奪いたくなったら、身辺を嗅ぎまわるんじゃないかしら」

奈々江は落着きなく足踏みした。

「なにか困りごとでも……」

増沢が彼女の顔をのぞき込んだ。

「菊池が出ていったらしい」

弧城にいた菊池弘也だ。彼は身の回りの物をまとめ、車に積んで出ていったと連絡があったという。

「菊池は、わたしに黙って出ていくような男じゃないと思ってたのに……」

「だれかと揉め事でも起こしたのでは」

増沢が奈々江に同情するようないいかたをした。

「そうかも……」

また奈々江に電話が入った。彼女は刑事たちに背中を向けた。

道原たちは有本静男の行方を追って上田へきているが、捜査はまたも枝道へ逸れた感があった。しかし乗りかかった船を下りるわけにはいかなかった。

応接間へもどると笠間は首（こうべ）を垂れていた。何百億円もの大金を得たが富裕な暮らしは彼には似合っていないようだった。背中を丸くして石に文字を彫っている格好がしみついているのだ。大金を得ても猛々（たけだけ）しく力強くはなれないらしい。このままだと、自分の望まない波乱の途（みち）へ迷い込みそうな不安にさいなまれているようにも見えた。もしかしたら彼は、会う人会う人に恨まれているような、肝に氷をあてられているような日々を送っているのではないか。

増沢は笠間に、攫われたと思われる女の子の母親である宮内日菜の近くに、いてあげたほうがいいのではといった。

笠間は、そうするというふうに首を動かすと、テーブルに手をついて立ち上がった。歩き出したがどこかを病んでいるようにふらついた。

「子どもを攫った犯人は、女じゃないでしょうか」

吉村がいった。

「おれもそうみている。公園から連れていったのは男だったかもしれないが、世話をしているのは女だろうという気がする」

道原はそういって、城下家を出ていく笠間を見送った。笠間は黒い大型乗用車のドアに手を掛けたところで、あらためて刑事たちに頭を下げた。肩に寒い風がとまっているように悄然（しょうぜん）としていた。

「笠間の奥さんは、夫に宮内日菜という愛人がいることを知らないということですが、そうでしょうか」

吉村は首をかしげた。

「知られていないというのは、笠間が奈々江にいっていることだ。彼は夜になるのを待つように毎晩、どこかの店で飲んでいる。飲み屋には女性がいることぐらいは奥さんは知っているだろう。笠間は女性のところへ泊まるようなことはしないのかな」

「ほとんど毎晩、酔って帰ってくる。自宅には娘たちがいるので、奥さんは話し相手には困らないけど、夫とはまともな話ができないので、たまには寂しいと思うことがあるでしょうね」

吉村は急に年配者のようなことをいった。

道原はふと自分の家庭を振り返った。彼は地方へ出張すると一週間ぐらいは帰れないことがある。妻には毎日電話しなくてはいけないのだが、特に話すことがないと四日も五日も電話をしない。娘の学校のことなどで、妻も彼に相談したいことがあるだろう。体調のすぐれない日もあるだろう。だが妻の康代（やすよ）は、夫は重い任務を背負っている警察官であるのを自覚してか、文句をいったことは一度もない。

一人娘の比呂子（ひろこ）にも、困っていることはないかと、声を掛けてやらなくてはと思って、あるとき出張先から電話した。すると彼女は、『お父さん、少年課の人になったの。刑事課の刑事は、自分の娘のことなんか気にして電話なんかしないの』といわれた。

奈々江は服装を替えて外へ出てきた。弧城の事務所へいくという。菊池が出ていったので、その始末をつける必要でもあるにちがいない。

「弧城へいきますが、そのあと日菜に会いにいきます。子どものことを警察に正式に相談するかを話し合うつもりです」

「子どもが攫われたのは犯罪だよ。正式だろうとなんだろうと、警察は捜査をはじめる」

増沢は奈々江を叱るようにいった。彼は奈々江に関係なく日菜に会いにいくといって、道原たちにどうすると目顔を向けた。

道原は増沢と一緒に日菜に会いにいくことにした。彼女は笠間が大金持ちだから愛人になったのか。奈々江の話だと日菜は以前、スナックのりゅうぐうで働いていた。大金持ちになった笠間はたびたびりゅうぐうへ飲みにいき、若い日菜を口説いたにちがいない。笠間は彼女に一軒屋を提供した。笠間が石屋のままだったら、彼女と知り合うこともなかったかもしれない。

彼女が身籠(みごも)ったとき、笠間に産んでよいかを打診しただろう。将来については一抹の不安があったが、彼女は子どもを欲しがった。だから産んだ。子どもの籍をどうしたのかは分からないが、笠間の援助を得て育てていけるという自信があったのだろう。

息は分からないという結果になることも想像しているだろうか。

を、彼女は恐れて震えているだろうが、身代金の要求もないし、幾日経っても子どもの消

狙っていた。犯人はいまに高額の身代金を要求してきそうだ。いくら出せといってくるか

は人の悪意を痛感したような気がする。彼女と笠間の関係を知っている者が、彼女を尾け

だが、ちょっとした気のゆるみから、子どもは何者かに連れ去られた。その瞬間、彼女

増沢と道原たちは、緑が丘の宮内日菜の自宅に着いた。檜皮(ひわだ)と竹をふんだんに使った塀が三方を囲む二階建ての一軒屋だ。門は自動開閉のシャッター。ガレージには黒い乗用車が収まり、その横に軽乗用車が並んでいた。

日菜は痩せて小柄だった。玄関に刑事を入れると手を震わせて廊下へスリッパを並べた。応接間には布張りの地味な色のソファがあった。笠間はそこにすわっていたが、落着きなく手足を動かしていた。

道原たちはあらためて日菜を正面から観察した。眉を長く引いて薄化粧をしているが、口は小さくて寂しげな顔立ちだ。

「笠間さんからきいているでしょうが、警察は正式に届け出がなくても、お子さんの捜索はします。人命にかかわる事件ですからね。お子さんがいなくなったときの状況を詳しく話してくれませんか」

増沢がいった。

日菜はうなずいた。刑事から事件という言葉をきいたからか、彼女は組み合わせた手を唇にあてた。笠間は頭を抱えている。

「八月二十四日の午前十時ごろです。いつもいく公園へ遊びにいきました。そこには顔なじみのお母さんが三人いました。三人とも子どもを連れてきていたんです。……だれがい い出したのか料理が話題になって、つくり方なんかを夢中で話し合っていました」

砂場で遊んでいる子どもたちにときどき目を向けていただろうが、料理の話し合いは盛り上がっていたにちがいない。

「公園には、あなたがた以外に人がいましたか」

「いました。散歩をしているらしい年配の人や、車椅子を押している人の姿も見掛けました」

「挙動が気になる人はいなかっただろうか」

「そういう人は見ませんでした」

警戒しなくてはならないような人が近づいてくれば、四人の大人はその人の挙動を観察したにちがいない。

「砂場で遊んでいたのは、何人ですか」

「四人です」

「そのなかから麻衣子ちゃんを攫った。麻衣子ちゃんがだれの子どもなのかを、犯人は知っていたとも考えられる。その点をどう思いますか」

増沢は日菜をにらみつけるような目をした。

蒼白い顔の彼女は、そうだろうかと思ってか首を左右に曲げていた。

4

増沢は宮内日菜に出身地と経歴をきいた。

「とても寒いところです」

彼女は土地の名をいわず、にぎった手に息を吹きかけるような格好をした。

「この信州も寒いが」

「秋田県の男鹿（おが）というところです」

「いったことはないが名は知っている。日本海に突き出た男鹿半島だろ。港もあるが入り日を眺められる景勝地だと、なにかで読んだことがあるよ」

道原もいったことはないが地名は知っている。

「実家はなにをしているの」

増沢の声はやさしくなった。

日菜は四人姉妹の三番目だという。二人の姉は結婚して秋田市に住んでいる。妹は高校を卒業して母と一緒に父の仕事の手伝いをしているといった。

「父は漁師です」

「あんただけが長野県へきたのはどういう縁があったのかな」

「高校を卒業する前に読んだ雑誌に、長野県のことが載っていました。松本市付近には精密機械や電子機器関係の企業がたくさんあることが書いてありましたし、高い山脈の写真も載っていました。高校の先生にそのこと話して、長野県の会社に就職したいといったんです。すると先生は松本市付近の企業の就職案内を取り寄せてくれました」

彼女はそれを見て検討して応募した結果、安曇野市のF社の工場に就職が決まった。一緒に卒業した生徒のなかで、長野県の企業に就職したのは彼女だけだった。

配属されたのは航空機用計器の部品を製造する部署で、来る日も来る日も、機械で針のような小さな金属を磨く作業に就いていた。寮で生活していたが、一年と少し経ったある日、作業の指導をしていた男性上司から、『アパートを借りてあげようか』といわれた。彼女は独り暮らしに憧れていたので、その上司のいうとおりにして、寮からリンゴ園に囲まれたアパートへ移った。荷物は上司が車で運んでくれた。そして一緒に夕食のカップ麺を食べた。

上司はすぐには帰らなかった。故郷のことをきかれていたが、話が途切れると、彼はふすまの向こうを目で指して、『布団を敷きなさい』といった。彼の目的が呑み込めたので首を横に振って、『帰ってください』といった。が、彼はおおいかぶさってきた。彼女は抵抗した。抵抗の度がすぎた。彼は壁に頭をぶつけて、しばらく起き上がらなかった。

翌日、彼は出勤しなかった。あとで同僚からきいて知ったのだが、頭を強打したために生じる病気で入院し、手術を受け、一週間以上は出勤できないらしいということが分かった。

彼女は急に作業が嫌になった。白い建物の工場が薄汚れて見えるようになった。欠勤した。どこか遠くへいきたくなった。

前からいってみたいと思っていた善光寺へいき、参拝した。そば屋へ入ってその店に重ねてあった新聞を広げた。従業員募集の広告が載っていた。生産企業の広告ばかりでなく店員の広告もあって、そのなかの上田市内の飲食店スタッフの広告に目がとまった。

彼女には、上田市がどういうところなのかの知識はなかったが、駅を降りて目を見張った。白いビルが建ち並んでいた。駅前の地図を見るとそこには知っている場所が存在していた。真田城だ。

駅の前から募集広告にあった番号へ電話した。女性が応じて、すぐに迎えにいくので駅前にいるようにといわれた。

若い女性に車で連れていかれたのは、繁華街のりゅうぐうというスナックで、そこには四十歳ぐらいのママがいた。日菜はそのママに、安曇野へきてからの顚末を話した。『早く上田へきてちょうだい。すぐにアパートを手配してあげるから』ママは交通費だといってポチ袋を日菜の手にのせた。

会社へ退職を申し出るとその理由をきかれた。だが上司との間に問題があったことは話さなかった。

三日か四日後に上田へ移った。りゅうぐうのママが手配してくれたアパートは新しかった。ママはカーテンと家庭用品をいくつか買ってくれた。店で着る衣裳は店にある物を使うことにした。

店で働きはじめて二日後に、店のオーナーの経堂奈々江に会った。その若さに日菜は驚いた。どうしたらオーナーのようになれるかを知りたいと思った。オーナーは上田駅の近くにレストランをやっていることもきいた。

奈々江は日菜をじっと見て、『長く勤めてちょうだいね』といい、『なにか困り事があったらいつでも相談して』ともいった。二十歳のときである。

その後、たびたびりゅうぐうへ飲みにきていた笠間順一郎と親しくなり、一戸建ての住宅を与えられ、彼の子を産んだ。子どもができたのが分かると、奈々江にもママにも話してりゅうぐうを辞めた。奈々江からはベビーカーをプレゼントされた――

日菜の経歴をきき終えた増沢は、ポケットからノートを取り出した。

日菜は彼の動作を上目遣いで見ていた。

「あんたは、弧城というグループを知っていますか」

「はい」

「経堂奈々江さんがリーダーだということは」

「知っています」

日菜は手を合わせて答えた。

「弧城の事務所へいったことがあるんですか」

「いったことはありません」

「メンバーのなかで知っている人は……」

「菊池さんという人を知っています」

「会ったことがあるんですね」

「いいえ。電話で話したことがあるだけです」

「溝口という名をきいたことは」

「ありません」

増沢は日菜の携帯番号をきいた。道原と吉村も番号を控えた。

増沢は、道原たちに背中を向けて署へ電話した。せまい庭のほうを向いて会話していた

が、

「溝口のマンションが分かりました。いまうちの若いのがここへ車できます」

と、ケータイを耳にあてたまま道原にいったが、ガラス越しに、「あの花は……」といって指を差した。

日菜が椅子から立ち上がって、

「クルマユリです。男鹿の寒風山（かんぷうざん）で毎年咲いていた花です。あの花を咲かせているお宅から分けていただいたんです」

彼女はわずかに訛（なま）った。庭の花には朱赤色の花びらに濃い色の斑点がある。増沢は夏の白馬岳（しろうまだけ）で、下向きに咲くあの花を見た記憶があるといった。

日菜はどこかで故郷を恋しがっているのではないか。信州へきてから帰省したことがあったかを道原がきいた。

「帰っていません」

彼女は、実家へも姉たちにも住所を知らせる手紙を送った。だが、だれからも便りはきていないという。

「子どもを産んだことは……」

道原は低い声できいた。

彼女は目を伏せ、肩をすくめるようにして首を横に振った。

彼女は災難に遭っているとでも思っているのではないか。故郷をはなれてきたことを後悔しているのではないか。なにもかも棄てて男鹿へ帰りたいと思うこともあって、空を舞うトンビに語りかける日がありそうだ。信州を故郷と偲ぶ人もいれば、信州で遠い古里の小さな星を懐かしがる人もいるにちがいなかった。

上田署の車が着いた。三十代半ばと二十代後半にみえる署員が乗っていた。増沢はその車に乗った。

溝口一平という男が住んでいるマンションに着いた。

上田署の三人は、溝口の部屋を訪ねる前に両隣の部屋の人に、溝口の暮らしぶりや出入りする人たちの風貌などを聞き込みした。

その聞き込みのなかに目を見張る話があった。それは一昨日の夕方から夜にかけてのことだったが、幼児の泣き声を何度もきいたという。なにをしているのか分からない男たちが出入りしている部屋なのに、幼い子どもの泣き声は似つかわしくなかった、と左隣の高齢の女性は語った。

「子どもの泣く声を二度ききました。一度は夜の十時ごろで、子どもは一時間ぐらい泣きつづけていました。わたしは折檻(せっかん)しているんじゃないかと思って、気が気でなかったんです。いつも静かな部屋なのに、なぜ子どもがいるのか、だれが連れてきているのかって、いろんなことを想像しました。……ええ、子どもの泣き声をきいたのは、その日だけです。子どもを連れて泊まりにきた人がいたんでしょうね」

その話をきいた増沢は、溝口の部屋のインターホンを鳴らさないことにした。部屋を出入りしている者がいるらしいから、出てきた者を尾行することに決め、三階の通路とドアが見えるところで張り込んだ。

張り込みをはじめて一時間がすぎたころ、溝口の部屋のドアが開いて男が一人出てきた。その男は一階のエントランスを出たところで左右に目を配るしぐさをした。

「菊池じゃないか」

吉村が首を伸ばした。弧城にいた菊池弘也と名乗った若い男だ。彼はなにか気に食わないことでもあったらしく、荷物をまとめて弧城を出ていったということだった。その男が、元弧城のメンバーだった溝口の部屋へ出入りしていた。菊池は経堂奈々江に敵意でも抱いているのだろうか。あるいは、経堂奈々江と溝口は今もつながっているのか。

菊池は、マンションの壁にくっつくようにとまっていたオフホワイトの乗用車に乗った。警察の二台の車は北の方へ走る菊池を尾行した。

田畑が広がっている地帯からやや細い道に入った。左右が雑木林になった。三叉路(さんさろ)に無言館への矢印のついた標識があった。木立ちが鬱蒼(うっそう)としてきた先に建物が二棟あらわれた。

菊池の車は二棟の建物のあいだへ入っていった。

十分ほど待って五人の警官は車を降りた。雑木林のなかの建物にそっと近寄った。

5

日暮れが近づいた雑木林は暗くなった。道をはさんで建つ二棟の家には灯りが点いている。両方に人がいるという証明だ。二棟のあいだにとめてある車は五台。その車のナンバーを控えた。一台は軽乗用車だ。

窓のガラスに人影が映るようになった。菊池は右側の家に入ったが家のなかにいるのは彼だけではなさそうだ。

右側の家のドアが開いて、女性が出てきた。ドアが開いた瞬間に顔を見たが若い人ではなかった。顔が大きくて小太りだ。

その女性は長野ナンバーの軽乗用車に乗った。その車を上田署員の二人が尾行した。

二十分ほどすると、軽乗用車を尾けた署員から、「ただいま上田市中央北の笠間という表札の出ている家に着きました」という電話があった。

「笠間順一郎の自宅だ。車を運転していったのは、笠間の細君(さいくん)じゃないか」

増沢が目を光らせた。

「中年女性のようだったから、たぶんそうでしょう」

道原が答えた。

「笠間の細君が、得体の知れない連中の拠点に出入りしている……」

どういうことが考えられるかと、増沢は暗い車内で道原と吉村の顔にきいた。

「宮内日菜の娘を攫わせたのは、笠間の妻じゃないでしょうか」

「攫わせた……」

「人を使って公園から連れ去ったんじゃないでしょうか」

「その指示を出したのが笠間の細君」

「きっとそうです。日菜の娘の麻衣子は、あの家に閉じ込められているのでは」

道原は、さっき中年女性が出てきた建物を指差した。

麻衣子は、最初は溝口一平のマンションへ閉じ込められ、昨日にでもこの雑木林のなかの家へ移されたことが考えられる。

軽乗用車を尾行し、到着したところを確認した上田署員がもどってきた。

増沢の連絡で体格のすぐれた署員三人がやってきた。八人が茶色のドアの家の前へ並んだ。増沢がドアをノックした。「だれだ」男の乱暴な声がした。

「警察だ。菊池弘也さんがいるだろ」

ドアが開いた。口の周りを黒い髭が囲んでいる男が玄関をふさぐように仁王立ちした。

警官が何人もいたので険しい顔をして、「なんの用ですか」ときいた。その男の背中へ菊池が顔を出した。彼は首をすくめるようにしてちょこんと頭を下げた。

「ここに女の子がいるだろ」

髭の男も菊池も黙っていた。警察がどうしてここへきたのかを考えているらしい。

「宮内麻衣子ちゃんがいるだろ」

増沢は低いがよく通る声を出した。

「なぜここが分かったんですか」

菊池がまばたきしながらきいた。

「警察はなんにも知らないって思ってるんだろ。子どもを連れてこい。早くしないと踏み込むぞ」

髭の男が奥に向かって、「ようこちゃん」と呼んだ。

女性が出てきた。茶髪で二十五、六歳の丸顔だ。怯(おび)えが顔にあらわれている。

「子どもを連れてきなさい」

増沢が唾を飛ばした。

女性は奥へ引っ込んだが、クリーム色の長袖シャツを着た女の子を抱いて出てきた。

「麻衣子ちゃんだね」

増沢が両手を差し出した。女の子は濡れた目をして女性にしがみついていた。次から次へと見知らぬ人があらわれるので、怯えているにちがいなかった。

「子どもを連れていくが、ここには何人いるんだ」

「三人です」

菊池が答えた。

「三人とも署へいってもらう。監禁の容疑で事情を聴く」

増沢がいうと上田署員は、髭の男と、菊池と、茶髪の女性の背中を押した。女性は麻衣子を抱いたまま車に乗せられた。

道原と吉村は家のなかへ上がった。和室と洋間があった。キッチンから浴室まで見てまわった。もしかしたら有本静男が隠れているのではないかという気もした。

キッチンの調理台には大根や白菜などがのっていた。女性が夕食の準備をしていたようだ。

車のなかで、グループの名をきいたが、名称はないという。それで雑木林のなかの家にいたので三人を「雑林（ざつりん）」と呼ぶことにした。主謀者はだれかときくと溝口一平だという。

上田署に着くと雑林のメンバー三人をそれぞれ取調室に入れた。

増沢は一息入れるようにボトルの飲料水を飲むと、

「今夜はやることがいくつもあります」

といった。道原は、

「お手伝いします」

と、吉村とともにうなずいた。

笠間順一郎の自宅へいった。門には小さな灯りが点いていた。庭をへだてた母屋の一か所の窓が明るい。笠間には娘が二人いるということだった。彼の妻は素知らぬ態で娘たちと夕食を摂っていそうだった。

門柱のインターホンを押すとすぐに美鈴という名の妻が応じた。

増沢が名乗った。

「警察の方がなんですか」

妻は抵抗するようなききかたをした。

「あなたにうかがいたいことがあるんです」

「なんでしょう。夜分なのに」

「署でうかがいます」

「署で。これから」

「ええ。これから署へご同行願います」

「わたしは、なんにもしていないのに、なぜ警察へいくんですか」

「重要なことをきかなくてはなりませんので」

「嫌だっていったら……」

「逮捕します」

きぃーっという声がしてインターホンは切れた。

庭を渡ってくる足音がして、くぐり戸が開いた。娘の一人が開けたのだった。玄関にはあかあかと灯りが点いていた。

「母は、支度をしていますので」

黒い髪の娘が胸で両手を合わせていった。目もとが父親に似ていた。

娘は、母親のしていたことを知っていただろうか。母親に向かって、「お母さん、なにをしたの。なにがあったの」ときいただろうか。

美鈴はブルーのジャケットを着て出てきた。やや細身のパンツは黒だった。玄関で黒い靴を履きかけたとき、よろけて靴箱に手をついた。

車のなかで増沢はなにもきかなかった。美鈴はなにも喋らなかった。

署に着くと女性警官が美鈴を取調室へ導いた。

増沢にはもうひと仕事あった、宮内日菜を自宅へ迎えにいったのである。

彼が、麻衣子を署で保護していると告げると、わっと口を開け、両手で顔をおおった。

それから何度も何度も頭を下げた。

日菜の家には笠間もいるのではと思っていたが、彼女は独りだった。彼女は麻衣子が無事でいることを祈りつづけていたにちがいない。

道原と吉村は上田署で、母親の胸へ飛び込むように駆け寄った麻衣子を見ることができた。日菜は、うれしくて手放しで泣いた。麻衣子は母親が流している涙を素手で拭っていた。

取り調べの結果、麻衣子を連れ去る計画を立てたのは笠間美鈴だと分かった。

彼女は夫に愛人がいることを知った。夫は愛人・宮内日菜に住宅を買い与えていた。その家を見にいって地団駄を踏んだ。やがて日菜は子どもを産んだ。夫のことが憎くてならなかった。考えついたのが、日菜が産んだ子どもをどこかへ隠し、夫と日菜を困らせてやることだった。それを前から知り合っていた菊池弘也に話した。菊池は美鈴から受けた相談をボスの経堂奈々江に話した。すると奈々江は、『うんと金をもらってやりなよ』といった。

菊池は、成功報酬五百万円で美鈴と手を打った。菊池は日菜を尾け狙っていて、彼女が公園でママ友たちとの会話に夢中になっていたスキを衝いて、連れ去りに成功した。あらかじめ攫った子どもをどうするかを考えていた。

子どもの連れ去りには成功した。その夜、美鈴は三百万円持ってきて、『いまこれだけしか都合できなかったので、あとのお金は少しのあいだ待って』といった。

子どもを連れ去ったことを奈々江にも話した。『そんな半端な金額で、危険なことを請け負うなよ。生きた人間を扱うには厄介なことが山のように起きるんだよ。依頼人は大金持ちのかあちゃんなんだから、五千万、いや一億でも出せると思うよ』といった。美鈴から五千万円か一億円強請(ゆす)って、『半分はこっちへ出せ』と奈々江は凄んだ。彼女はときどき、事務所へやってきては、『いつまでもタダ飯を食ってんじゃないよ』と、活を入れた。

奈々江とは金銭のことでもめたことが過去にもあったので、菊池は弧城を去ることにした。

奈々江は、日菜の娘の誘拐にいささかなり関与したことを、りゅうぐうの上客である笠間には曖気(おくび)にも出さなかった。

麻衣子が母親日菜の胸に還った夜、笠間はりゅうぐうで飲んでいた。もしかしたら新しく入ったホステスの手でもにぎっていたのではないか。

奈々江は重要参考人として、取り調べることにした。

雑林にいた菊池、髭の男、そして女は監禁の疑いで逮捕され、取り調べを受けた。が、女は以前、松本市にいたことが分かったので道原は関心を持った。

# 第六章　罪の季節

## 1

男たちと一緒に雑林にいた女の名は小桜陽子、二十六歳。出身地は松本市浅間温泉。そこには両親が住んでいて、彼女の住民登録地は両親と同じだった。つまり生まれた時から住民登録地を移していないのだった。

略歴が分かった。高校を出て、松本市内の大学にすすんだが一年で中途退学した。松本市内の健康食品販売会社の「カレリーナ」に勤務したが、カレリーナ製品に有害物質が含まれていることが発覚し、陽子が就職した一年後に同社は倒産。その後の彼女の職歴は不明、という調査結果が道原に届いた。

小桜陽子は、幼児監禁の疑いで上田署に勾留されているが、経歴についてはなにも答えない。

そこで道原と吉村は、浅間温泉の実家付近で陽子についての聞き込みをすることにした。

陽子の父親は松本市内のタクシー会社の事務職員で、毎朝六時ごろに出勤している。写真が趣味で、風景や草花を撮っていて、拡大した写真を市内のレストランやカフェに飾ってもらっている。小さな会場を借りて写真展を催したことがあったが、評判にはならなかった。最近は公園の茂みに居ついた猫を追いかけて、カメラに収めているという。

母親は二十年以上、浅間温泉の旅館に勤めている。近所の人ともめったに会話をしないので、「変わり者」といわれているが、厚い布でバッグを作るのが趣味。作ったバッグをバザーに出し、安い値で即売して、その売上げ金を社会事業に寄付している。

陽子には弟が一人いて、東京の大学を卒業して、東京の船舶会社に勤務している。

陽子の身長は一六五センチ。顔立ちは父親に似て目も口も大きくて派手なつくりで、ときどき目を強調した濃い化粧をすることがある。

陽子は雑林に菊池と一緒にいたのだから、経堂奈々江にもよく知られているのだろうと思い、彼女に陽子が今日までなにをしてきたのかをきいた。

「なにをしてきたかなんて、わたしは知りません。わたしは陽子っていう子とはまともに話したことがないんです」

「弧城のメンバーの一人なんだから、どういう伝手（つて）で弧城に入ったかぐらいは知ってるだろ」

道原は奈々江を追及した。

「知りません。なにかをしていたんでしょうが、食っていけなくなったんで、弧城のだれかと知り合って、上田へやってきたんだと思います。菊池が連れてきたのかもしれないから、きいてみたら」

投げ遣りだ。

菊池も勾留されていたから、取調室へ引っ張り出した。増沢にきくと菊池はなにも喋らないのだという。肝心な事件についてきいても知らないといい、無駄話には応じるという容疑者は多いが、菊池は取調官が向ける世間話にも乗ってこないという。

有本静男の写真を前へ置いて、「知ってるね」ときいたところ、眉をわずかに変化させただけで、「知らない人です」と答えた。

取調官は、「箸にも棒にも掛からない男」と、取り調べを放り出すようなことをいった。こういう人間は、「干乾しにする」といって、こちらからは一日二日一言も話し掛けないことにする。そうすると寂しくなるのか、留置場の前を通った者に挨拶したり、「水をください」といったりすることがある。取調官らは協議した結果、菊池を泳がせることにして、一時釈放した。

雑林から引っ張ってきたもう一人の男の名は船山元、三十歳だ。身長は一六〇センチ程度だが顔が大きくて扁平。目が細く、口が小さい。魚のひらめに似ている。

この船山は、小桜陽子が松本に住んでいたときの住所を知っていた。なぜ知っていたのかというと、松本の馬刺しで有名な「もみじ万留」という料理屋に勤めていたころの同僚だったという。

「私は新潟の柏崎の生まれです。柏崎は母の実家です。父親は鉄道員でした。二十歳のときに憧れていた北アルプスに単独で登りました。……それまで越後の山には登っていました。西穂高へ縦走しようとしていたんです。天狗のコルあたりで大雨に遭って動けなくなりました。左足をひねったのか骨が折れたのか、その痛さもあったものですから、ツエルトをかぶって岩のあいだにうずくまっていました。次の日、雨はやみましたけど、足の痛さと疲れで歩けませんでした。そこへ奥穂からやってきた五人パーティーに出会いました。五人は親切でした。代わるがわる私を背負って、岳沢まで下ろしてくれたんです。岳沢小屋で一泊すると、山岳救助隊がきてくれて、上高地まで運ばれましたが、そのとき、私の意識は朦朧状態だったんです。……気が付いたときは病院のベッドの上でした。お医者さんも看護師さんも親切でやさしくて、一週間入院しているあいだに、私はまともに人と話ができるまで快復しました」

菊池弘也とちがって、船山元はよく喋った。

「私は杖をついて、そのころ家族が住んでいた長岡の家へ帰りました。一か月ばかりすると普通に歩けるようになりましたので、長岡市内の建設機械メーカーに就職しました。私は工場のアームをつくる現場で作業をしていたんですが、組み立てがうまくいかないことがたびたびあって、頭に鉄板が倒れかかってきました。この作業中に大怪我をした人がいるという話をきいていましたし、自分もいつか事故に巻き込まれるのではないかと思い、二年で会社を辞めました。……母は、若い者が家でゴロゴロしているのは見苦しいので、早く働き口をさがすようにと口うるさくて、飼っている猫とじゃれ合っていると、箒（ほうき）で頭を叩いたりしました。どこで働こうか迷っているうち、松本の病院で親切にされたことを思い出し、恩返しのつもりで松本で働くことを決めたのでした」

　就職したところがもみじ万留で、その店は毎日繁昌していて忙しかった。二年ほど経ったころ、小桜陽子が店員として就職した。上背があり、顔立ちがいいので、男の店員たちは彼女と同じ日に休みを取って、食事に誘ったり、商品券やアクセサリーなどをプレゼントしていた。

「私も陽子と仲よくしたかったけど、プレゼントをするような余裕がなかったので、食事に誘ったこともありませんでした。同僚にきいたことですが、陽子は男が差し出すプレゼントを、『ありがとう』といって受け取るけど、お付合いは別と考えているらしくて、食事などに誘っても、『わたしにはやることがあるので』といって断るということでした。……今年の春のことです。私は松本城公園のベンチに腰掛けて、お城を眺めていました。何度も同じ場所からお濠（ほり）越しにお城を眺めていますが、眺めるたびに壁の色や石垣の石のかたちがちがって見えるのでした。私が腰掛けている前を観光にきた人たちが通っていましたが、そのなかに小桜陽子の姿がありました。彼女は体格がよくて陽焼けした顔の男と肩を並べて歩き、お城を眺めていました。その男は彼女と同い歳ぐらいでした。私は二人を恋人同士なのだろうと見ていました。器量よしの陽子に恋人がいないはずはない、店の同僚の誘いには一切乗らないのは、立派な恋人がいたからだと、私は二人の後ろ姿を見送っていました」

陽子と男の姿を見た直後のことだった。店の仕事を終えて帰ろうとしたとき、陽子から、『話があるの。ちょっと付合って』と耳打ちされた。彼女の息が耳と頰に残っているようで、興奮を覚えた。

彼女に誘われて入ったのは、カウンターに黒い蝶ネクタイをした男が三人立っているバーだった。陽子はテーブル席で船山と向かい合うとウイスキーの水割りを頼んだ。

『わたしね、だれにもいわないし、知られたくないことをやっているの』

陽子は、水割りを一口飲むと切り出した。

船山は陽子と視線をからませた。彼女が思いきったことを打ち明けようとしていることが分かったからだ。

『だれにもいわないし、知られたくないことを、どうしておれに話すんだ』

『ほかに話せる人がいないから。船山さんならわたしの話が分かってくれると思ったので』

『話してくれ。ほかの者には話さないから』

陽子の話は意外だった。意外すぎて目玉がこぼれ落ちそうになった。

『わたしは、上田市に本拠のあるグループに入っているの。そのグループは世間の基準でいったら不良です。あるときはよくないことをして、金を稼いでいるの』

『陽子ちゃんには、なにか役目があるの』

『わたしは、ある男を騙しているの』

『ある男を……。つい先日、同い歳ぐらいの体格のいい男の人と歩いているのを見掛けたけど』

『その人よ』

『騙しているっていうと、恋人のふりでも』

『そう。その男の人、近いうちに、わたしに、結婚しようっていうかもしれない』

『あんたはその男性を好きにはならないんだね』

『惚れちゃったらおしまい。大勢のなかから、この男ならって選び出したことがふいになってしまう』

だから見せかけの恋愛を演じているというのだった。

『男は、会社員なのか』

『警察官』

『警察官だということが分かっていて、接近して、『偽の恋人を……』

『そう。何人かの警察官のなかから、その男に白羽の矢を立てたの』

グループの指示で陽子ちゃんは動いているんだね』

『そうよ』

グループは陽子になにをやらせようとしているのか、船山は知りたくなった。

『ききたい……』

陽子は船山の目の奥をさぐる表情をした。

『知りたい。そこまで喋ったんだから、話してくれなくちゃ』

『船山さん』

陽子は船山の目をのぞき込みながら呼び掛けた。

彼は顎を強く引いた。

『わたしと一緒に、上田へいってくれない』

『上田へ……』

ということはグループに加われということか。世間の基準を逸している事を一緒にやろうということなのか。

『陽子ちゃんと一緒なら、上田でもどこへでもいくよ。料理屋の店員じゃ、いつまで経っても梲が上がらないし、じつはあの店に飽きてたんだ』

『警察官が勤務中に持っている大事な物を、いただくのよ』

『大事な物。……警察手帳か』

『危ない物』

『拳銃か』

『そう。それをうまい手を使って、いただきたいの』

『その警官は、交番勤務なの』

『機動隊員』

『機動隊員は団体で行動するんじゃないの』

『そうらしいの。それでどうしたら彼の勤務中に彼の拳銃をいただくことができるかを、考えている最中』

『彼の承諾が必要なんじゃ』

　陽子は小さくうなずくような表情をして、グラスの氷を鳴らした。

「陽子が加わっている上田のグループは拳銃を手に入れたがっていたらしいので、どんな目的があるのかをききました。すると彼女は分からないといいました。だれかに拳銃をちらつかせて脅すのか、それともだれかを撃つのかをききましたが、彼女は知らないといいました。どうもグループは、警官から拳銃を奪うまでの役目を、彼女に指示していたようです」

船山は料理屋を辞め、陽子に連れられて雑木林のなかの山荘のような家へいった。そこには端整な顔立ちの若い男が三人いて、船山を歓迎した。

2

船山元の供述はつづいた。

「たしか八月十三日だったと思います。夕方のテレビニュースを観ていて、腰が抜けるほどびっくりしました」

「どこでテレビを観ていたんだ」

上田署において取調官はきいた。

「雑木林のなかの山荘風の家です。私はそこに住みついたように寝たり起きたりしていました」

「ニュースはなにを報じた」

「長野県警の機動隊員の一人が、善光寺を参詣する首相の警備にあたっていたのに、コンビニのトイレを借りにいって、そこに拳銃を置き忘れた。その隊員は外へ出てから気付いて、コンビニにもどったけど、拳銃はなくなっていたと、男のアナウンサーは、いくぶん興奮しているような顔で放送していました」

「それをきいてあんたは」

「これか、これだったのかって、思わず叫びました」

「警官の拳銃奪取に成功したというんだな」

「はい。そう思いました」

「手でも叩いて、快哉を叫んだのか」

「とんでもないことです。これからなにが起きるのかって、気が気でなくなりました」

「コンビニから拳銃を持ち去った者がいる。それはだれなんだ」

「グループのだれかではないかと思いますが、私は知りません」

「小桜陽子じゃないのか」

「さあ……。彼女ではないと思います」

船山は頭に片方の手をのせた。

「どうして、そう思う」

「彼女は機動隊員を騙した女です。隊員に会う可能性がありますから、彼女はそのコンビニへはいかないと思います」

それから三日後の八月十六日、船山はまたもテレビニュースを観ていて叫び声を上げた。善光寺の仲見世通りで赤ん坊を抱いている女性が銃で撃たれたと報じられたからだ。拳銃を奪う最終目的はこれだったのかと、その日は、夜中までテレビ画面をにらんでいた。

「意外でした。いまでも意外だと思いつづけています」

船山は中空に浮かぶなにかを見つめるように、顎を上向けて動かなかった。

「なにが意外なんだ」

取調官は船山の目の奥をさぐった。

「赤ん坊を抱いた女性を撃った銃は、機動隊員がコンビニのトイレに置き忘れたことになっていた銃でした。その銃は仲見世通りで、タオルにくるまれて捨てられていた。つまり目的を達成したので、もう用がなくなったっていうことでしょう。……私は被害者が、赤ん坊を抱いていた母親だったのが意外なんです。銃で狙われるとしたら、政界の大物か、あくどいやり方で大金をせしめて、ぶよぶよっと太った野郎ではないかと想像したことがあったからです。……撃たれた女性は、なにをしていた人なんですか。なぜ撃たれたんですか。その人は亡くなったんですか」

「あんたは、それを知りたいのか」

「知りたいです」

「手間隙かけて手に入れた銃で、撃たれた人が庶民だったというのが、不満のようだな」

「大いに不満です。拳銃を置き忘れたふりをした警察官は、たぶんクビになったでしょう。そういうリスクを背負ってまでも命がけの芝居をした。なぜでしょう。その芝居に見合う報酬でも得られたんでしょうか」

「いや、職を失い、住んでいたところから立ち退いて、いまのところ所在不明だ。……銃で撃たれた女性は快方に向かっている。なぜ標的にされたのかは分かっておらず、これから調べをすすめることになっている。人ちがいで撃たれたのかもしれない。そうだとすると事件現場にはほんとうの標的がいた可能性がある。……あんたは逮捕されたのに、他人の犯行まで知りたがっている。気持ちに余裕があるのか」

「余裕なんてありません。ただ妙な事件に首を突っ込んでしまったので、私に多少なりとも関係がありそうなことは知っておきたいんです。そうでないと、どうしてこんな目に遭っているのか理解できません」

「いま、いちばん知りたいことは、なんだ」

「善光寺で撃たれた女性は、犯人の標的だったのかということです」

「それは目下捜査中だから、話せない。被害者は長野市内に住む、善良な主婦だったのはまちがいない」

道原は取調官から、船山元の実家が長岡市だときいたので、彼に会ってみることにした。

船山は、道原と吉村が待機していた取調室へ連れてこられると、頭を下げた。道原が松本署の刑事だというと、船山は意外そうな顔をした。彼は松本ではもみじ万留という料理店に勤めていたので、その当時のことでもきかれるのだろうと思ったらしい。船山は三十歳だが、呑気な性格なのか緊張感のない平たい顔はいくつか若く見えた。

「あんたの実家は長岡市だね」

道原が顔を見てきいた。船山は返事の前に頭をかしげた。

「お父さんは鉄道に勤めているそうだね」

「はい。祖父も鉄道員でした」

「列車に乗っていたんだろうか」

「そうです。機関士でしたので」

「三十五年前のことだが、夜間、三条〜東光寺間で下りの貨物列車の乗務員が線路内に人の姿を認めたので、急停止した。そして線路を点検したが、人の姿はなく、異状を認めなかったので走行して、新潟へ定刻より遅れて着いた。乗務員は人の姿を認めた地点を報告した。翌日、係員は、昨夜貨物列車の乗務員が人の姿を見たといった地点を点検した。すると線路の石の上に点々と血痕だけが散っていた。人が列車に接触したことが考えられたので、付近の医療機関にあたった。だが、鉄道で怪我をした人の治療事実はなかった。……そういう事故の話をきいたことはなかったか」

「その話、思い出しました。祖父が何回も話していました。父はその話を同僚からきいたといっていました」

「おじいさんは、何回も……」

「列車に接触して大きい怪我をしたのに、医者にかからなかった人がいる。その人は怪我をしたことはバレても、鉄道が原因だったことは秘密にしていたんじゃないかって、いっていました」

「負傷者は、血痕のあった地点の近くに住んでいる人だろうか」

「そうじゃないかと思います。血を流しながらですから、遠くへはいけなかったでしょう」

道原は、そうではないかというふうに頭を動かした。

船山は、三十五年も前の事故を調べているのかと真剣な目をしてきいた。

「最近、松本に住んでいた男性が、そこの近くで不幸な目に遭ったんだ」

「そうでした。田圃のなかで見つかったのだが、腹だったか背中だったかを、刃物で刺されていたんでしたね。その事件は解決したんですか」

船山は取調室にいるのを忘れたような声を出した。

道原は首を振った。水田で死亡していたのは戸板紀之といって六十二歳だった。戸板のことを話したので、去年の十月、北穂高登山の帰りに本谷に転落した青沼将平を思い出した。彼は戸板紀之の娘の婚約者であった。青沼の肩と背中には靴跡と思われる黒い痣が刻印のように残っていた。その痣によって、彼は何者かに蹴られたし、突かれて谷に転落したことが判明しているが、この事件も未解決だ。

戸板が殺された事件と関係があるかどうかは不明だが、もう一つの事件が解決していない。長野市内に住んでいた竹中政友という三十七歳の男が、恋人だった浜本緑の住まいを出た直後、車にはねられた。三年前の十二月のことである。車は道の端に寄った彼を狙うように突進してきて、体当たりして逃げていった。その後の竹中は不自由な体になり、日がな一日、自宅の縁側で猫の背中を撫でているような暮らしに陥った。浜本緑は竹中を諦め、新しい恋人を得て結婚し、子供をもうけた。ところがこの八月、思いもよらぬ凶事にみまわれた。買い物をするために歩いていた善光寺の仲見世通りにおいて銃で撃たれたのだ。犯人は射殺するために撃ったのかもしれないが、銃弾は急所を逸れ、腰の上に突きとどまっていたため一命を取りとめた。被弾した緑は三条市の出身。こうして並べてみると四件の事件は、目に見えないどこかでつながっているような気もするのだった。

船山は、有本静男がなぜ拳銃を他人の手に渡すための芝居を打ったのかを知らなかった。

「私たちが雑林と呼んでいる家には、まだあんたが知らない男や女が出入りしているにちがいない。要するに全員が不良だ。そいつらは何人かの警察官のなかから有本を選び出した。彼の性格から計画は達成されると読んだんだろうな。その目的は拳銃を奪うため。グループは、彼が電車内で女性に暴力をふるったといいがかりをつけ、彼の抵抗を奪った。そうしておいて彼の勤務の休みの日には、松本の裏町で、無理矢理ギターを抱えての流しをやらせた」

有本はギターも歌もうまかったが、流しは自分の意思ではなかった。流しをやめたいとグループにいうと、車内での暴力沙汰をバラされてもいいのかと脅された。そして恋人だと思い込んでいた小桜陽子は、彼の目の届くところから姿を消した。そういうことが重なって彼は自棄気味になっていたようだ。拳銃が何者かの手に渡れば、重大事件が起きることは予想できた。拳銃を失った日からの彼は、薄氷を踏むような気分で震えていたにちがいない。

「あんたは、有本静男を見たことがあったんじゃないのか」

道原は船山の顔をのぞいた。船山の前には有本の写真が置かれている。その写真をよく見ろと道原は促した。船山の口元がわずかに動いた。なにかをいいかけたが、喉をのぼってきた言葉を呑み込んだようだ。この機を逸すると話さなくなってしまいそうなので、道原は船山のほうへ写真を押し、彼の表情をにらんだ。

「見たことがあるような気がします」

気がするのでなくて、はっきり見たことがあったのだろう。

「どこで見たんだ」

「あの家の前で、車を降りました」

「車を降りたときのようすを、あらためて思い出してくれ。この写真の男が車を運転してきたんじゃないだろ」

「後ろの席から降りたんです」

「じゃ、われわれが雑林と呼んでいる家へ入ってきたんじゃないのか」

「いいえ。私はずっとあの家にいましたけど、この写真の人は家には入ってきませんでした」

「家の前で車から降りたのに、家には入ってこなかった。どういうことなんだ」

船山は、「分かりません」というように首をかしげた。

「車に乗り直して、どこかへ走っていったんじゃないのか」

吉村が横からじれたようにきいた。

「分かりません。私は、車を降りたところを見ただけですので」

道原は、雑木林のなかに、もう一軒が、隠れるように建っていたのを思い出した。その建物からの人の出入りは見えなかった。

その建物へ入ったことがあるかを船山にきいた。

「ありません」

「そこをなにに使っているのかを、だれかにきいたことはないのか」

「菊池っていう男にきいたら、物置きだといっていました」

雑林には何人もいるのだろうから物置きは必要だろう。そこに有本静男が隠れ、いや監禁されていることが考えられる。

## 3

本業は石材店経営の笠間順一郎は大金を所持することになったので、硬い石に家紋や文字など彫っていられなくなった。大金を手にしたとしても、本業をなおざりにしない人もいるが、彼は楽なほうへと身を転がし、夜は女性のいる店へいって、酔って時間を潰している。

彼は愛人をつくった。宮内日菜だ。彼女は秋田県の寒村の出身で、派手な暮らしを望んでいるような女性ではなかった。だが、笠間と知り合うとそれまでの暮らしは一変した。閑静な住宅街の一角に一戸建ての家を与えられた。子どもができた。産むべきかを考えたにちがいないが、独り暮らしの空しさを救うのは子どもだと考えてか、女の子を産んで麻衣子と名付けた。

日に日に成長するわが子を見ながら生き甲斐を感じていただろうが、それは悲劇のはじまりだった。彼女の子育てを悪意の目をもってじっとにらんでいた人がいた。それは笠間の妻の美鈴だった。

笠間は、愛人がいることも、愛人が子どもを産んだことも、家族には隠していたらしいが、そういうことは妻にはすぐに知れるものである。

美鈴は、夫に愛人が一人や二人いても、自分の身が安泰ならと高をくっていた日もあったろうが、毎晩、酒を飲んで抜け殻のようになって帰ってくる夫が醜く見えたし、愛人が子どもを産んだことを知ると、将来に不安の黒雲を見るようになった。それと夫が底知れず憎くなった。愛人の家へいって、子どもをあやしたりしている姿を想像すると、眉が逆立ち、奥歯が鳴るようになった。自分が鬼の形相に変わっていくのを見て震え上がった。

そこで思い付いたのが夫を困らせることだった。大枚を叩(はた)いてもそれを実行することにした。

彼女が思い付いた悪事は、人を使って夫の愛人が産んだ麻衣子を攫って、行方不明にすることだった。

美鈴は、自分が考えたことを実行してくれそうな人を頭に並べた。その筆頭が菊池弘也。

美鈴は、自分が計画したことを蛇のような目をした菊池に話した。『お安い御用だ。あしたにもやってやるよ』と、請負ってくれた。『攫った餓鬼を、焼いて食うのか、煮て食うのかい』

『見せしめなんだから、当分のあいだ行方不明にしておきたいの』

『任せておきな。人に知られないところで、チチを飲ませて、大事にあずかってやる』

翌々日の夕方、美鈴は菊池の電話を受けた。宮内麻衣子を攫って、ある場所でかくまっている、と彼はいい、『餓鬼の声をきかせてやる』といった。電話の向こうで女の子は泣いていた。女の子は受話器に『ママ』と呼び掛けた。女の子の悲鳴のような声をきくと、『親のところへ、帰してあげて』と菊池にいいそうになったが、ゆらゆらと揺れて立ち上ってくる良心を、頭を強く振って踏み潰した。

美鈴は、夫の愛人が産んだ麻衣子を、菊池に案内された雑木林のなかの家で初めて観察した。麻衣子には縫いぐるみが与えられていたが、彼女はそれで遊んではいなかった。絵本もあったが、それを見ていなかった。虚ろな目を窓に向け、何分かに一度、『ママ』と、か細い声を出していた。長い睫の目は濡れていた。美鈴はその女の子を長時間見ていることができなかった。

女の子の声は耳朶にこびりついて、はなれなかった。帰宅して布団をかぶって耳をふさいだが、耳元で小さい声が、『ママ』と呼んだ。彼女は布団を頭にのせたまま部屋のなかを転がった。その異状を二人の娘が見逃すわけがなかった。

『お母さん、どこが悪いの。どこが痛いの』と、気を遣ったが、美鈴は自分のやったことを打ち明けることはできなかった。

深夜に、近くの内科医院の医師が黒い鞄を提げてやってきた。美鈴は壁に頭を押しあてていた。医師は彼女の腕に注射を打って帰った。それから三十分もすると、美鈴はいびきをかいて大の字になった。

長野県警は、上田市鍛冶町のマンションに独り暮らししている溝口一平について、彼の手下と見られる男女と、弧城の経堂奈々江から経歴などをちぎれちぎれにきいて、それをつなぎ合わせた。

溝口は、新潟県境に近い上水内郡信濃町出身で、高校卒業後、陸上自衛隊に入って約五年間勤務していたことが分かった。除隊後は、松本市内の建設会社、北海道の牧場、札幌市で水商売などを経て上田市へ。上田市では古い旅館の経営をオーナーから任されていたが、その旅館を改築すると、オーナーに無断で他人に売却した。このことからオーナーだった人との訴訟が現在もつづいている。彼は東京にいたこともあるらしいが、どんな仕事に就いていたかは知られていない。彼は親しい人によく、『おれが新橋にいたころ、烏森口には「れん」という、昼は喫茶店で夜は二階がバーに化ける小ぢんまりした店があった。その店のママは女優の高峰三枝子にそっくりだった。そのママは台湾の陳という人の愛人だったが、ある日、陳さんは、たまたまれんにいたおれにずしりとした風呂敷包みを押しつけて、「ママがきたらこれを渡してくれ。どうかよろしく」って、それまで見せたことのないような顔をした。おれは風呂敷包みを抱えて、夕方になるのを待っていた。化粧したママがやってきたので、陳さんからあずかった包みを渡した。……ママは二階で手を震わせながら包みを開いた。なんと札束がいくつも入っていた。おれはあんな大金を見たのは初めてだった。それからタオルにくるまれた物も入っていた。それは重量があった。出てきたのは小型の黒い色の拳銃だった。……ママはおれに札束の一つをくれると、拳銃はタオルに包み直した。「きょう、これを見たことは、だれにもいわないでね」と、ママはおれの胸を突き刺すような目つきをしていった。台湾へいったらしい陳さんだったが、東京へはもどってこなかったのか、二度とママの前へはあらわれなかった。ママはいい女だった。あんなきれいな人はほかにはいなかった』と語っていたという。その話が事実なのか、つくり話なのかは分かっていない。

弧城に所属していた菊池弘也も、溝口から同じ話をきいているという。しかし、東京でどんな仕事に就いていたかは喋らないという。

道原と吉村は、上田署の取調室で、立てた腕に顎をのせていた溝口一平に会った。彼は色白だ。目は細いが小さな目玉は気味悪く光っている。

「あんたは松本にいたことがあるというからきくんだが、どんなところに勤めていたんだね」

「土建屋です」

太い声だ。声を張り上げたら地響きがしそうだ。

「なんていう名の会社」

「忘れました」

「どんな仕事を請負っている会社だった」

「夕方になると道路を掘り返して、朝までに埋めもどす仕事」

「ほかには」

「梓川(あずさ)から砂利や石を拾ってたこともあったな」

「会社名は」

「忘れたっていったでしょ」

「会社名をいうとそこへ問い合わせをされる。都合の悪いことが沢山あるので、会社名をいわない。土建会社は何社もあるが、あんたがいたのがどこかぐらいは、半日もしないうちに分かるんだよ。社名を忘れたなんて、なめるんじゃないよ」

道原は声の調子を変えたが、溝口は眉ひとつ動かさず、顎の無精髭を摘まんで引き抜く真似をした。手の甲と指には小さな傷跡がいくつか残っている。道路を掘ったり、川の石を拾う仕事をしてきた痕跡のようだ。

「今度の事件では、いくら受け取ったんだ」

「今度とは、なんのことです」

「宮内麻衣子ちゃんを、監禁するにあたって、笠間美鈴から金を受け取っているじゃないか」

「大した金額じゃない」

「いくらなんだ」

「三百万」

「大金じゃないか。その金額はあんたが要求したのか」

「彼女が、出したんです」

「麻衣子ちゃんの居場所は、警察に嗅ぎつかれた。つまり計画は失敗だった。受け取った金額の半分ぐらいは、美鈴に返すのか」

「返さない。子どもの連れ去りには成功したんだ」

「犯罪でメシを食ってるんだな」

溝口は、ふんというように横を向いた。

「あんたは、われわれが雑林と呼んでいる家へちょくちょくいっているのか」

「ちょくちょくなんて」

「最後にいったのは、いつ」

「憶えていない」

吐き捨てるような返事だ。

「有本静男には、いつ会った」

「だれですか、それ」

「とぼけるな。重大事件を起こした犯人だ。その犯行を考えたのは、あんたじゃないのか」

「犯行とは……」

溝口は顎をやや上へ向けた。

「どこまで厚かましいんだ。警察の機動隊員だった有本静男に難癖をつけて脅し、松本の繁華街でギターを抱えての流しをやらせた」

「なんのことだか、おれにはさっぱり……」

「警察官なのに好きでもないことをやらされている。有本は、その苦痛に耐えきれなくなって、重大な事件を起こした」

溝口は鼻の穴に指を入れた。歌でもうたいそうな顔つきだ。

「そのお巡りさんは、なにをやったんです」

溝口のとぼけっぷりにあきれるとともに腹を立てた吉村が、

「いい加減にしろ」

と、怒鳴った。だが溝口は目を瞑って、鼻毛を一本抜いただけだった。

「有本は、携行していた拳銃を、コンビニのトイレに置き忘れたふりをした。彼が自らそんな犯行を考えつくはずはない。拳銃はみごとに失くなった。……あんたが考えて、やらせたんだな」

「知らない。失くなった拳銃は、どこへいったんです」

「拳銃が失くなったのは、八月十三日。三日後の八月十六日に、善光寺の仲見世通りで、赤ん坊を抱いた主婦が銃で背中を撃たれた。幸い命は助かったが重傷だ。体内にとどまっていた弾を検べたら、有本が携行していた拳銃から発射されたものだった。……そんなことを私が喋らなくても、ニュースで知ってただろ。犯人の目的は、その主婦を傷付けることだったのか、それとも殺害するつもりだったのかが問題だ」

「ふうーん」

溝口は鼻をこすった。

「事件を知った有本は、どうしたと思う」

道原は両の拳を固くにぎった。

「そんなこと、おれが知るか」

「クビになった。あんたは一人の若者の将来をめちゃめちゃにしてしまったんだぞ」

「おれのせいじゃない。……それより刑事さん、タバコを持ってきてくれ。それから濃いコーヒーを飲みてぇんだ」

「そんなものは、ない」

「人の自由を奪って、飲み食いさせないのは、虐待だぜ」

「訴えりゃいいじゃないか。……警察を辞めた有本は、住んでいたところを引き払って、姿を消した。彼があんたを頼ったのか、あんたが彼をどこかへ隠したんだろ」

溝口は腕に顎をのせて目を瞑ってしまった。警察で取り調べを受けていることを、特別苦にもしていないらしい。

4

上田署は、長野、松本の両署から車両と捜査員を集合させ、市内の数か所でそこを出入りする人と車を尾行することにした。

溝口一平は、署に勾留中であるが、彼の住所を張り込んだ。そして上田署が雑林と呼んでいる雑木林のなかの二棟。一棟には昨日まで宮内日菜の娘の麻衣子が監禁されていた。

弧城のボスである経堂奈々江の自宅と彼女の動きにも目を配った。彼女は溝口とは不仲だということだが、それは見せかけとも考えられた。彼女には村崎鉄国という男が殺害された事件の嫌疑がかけられていて、上田署はこの事件でも彼女をマークしている。

元機動隊員だった有本静男は、溝口の配下の者たちから脅されて、流しをやり、そのあげく拳銃紛失までも演じ、警察を追われた。退職すると住んでいたところを退去して行方が分からなくなった。行き場を失った彼だったが思案の末、彼を脅したりした不良グループに参加するか雇われることにしたのではないか、とにらんだのは道原だ。つまり雑林グループだ。有本が雑林グループを訪ねてきたとき、メンバーは警戒したにちがいない。根深い恨みを抱えて仕返しにきたものとみたことだろう。

彼が訪れたことはボスの溝口に報告された。もしかしたら溝口は、有本抹殺を考えたかもしれない。いやすでに始末されている可能性も考えられる。

道原と吉村は、どうやら雑林を住まいにしているらしい菊池弘也の行動に目を配ることにした。彼は捜査本部から泳がされている人間だ。かつての菊池は弧城に属していて、奈々江の身辺でちょこまかと動いていたらしい二十五歳だ。額には刃物によるものと思われる傷跡がある。弧城に所属していたのに、なぜ溝口の配下に入ったのかが分からない。奈々江と溝口は袂（たもと）を分かっているようだが、じつは連携があるのではないか。

道原たちは八月二十九日から、雑木林のなかの雑林と呼んでいる家を張り込んでいたが、三十日の午前十一時すぎ、菊池弘也が出てきてオフホワイトの乗用車に乗った。落葉を蹴散らすようにして車を出した。乗っているのは彼だけだった。

彼の車は南を向いて走っていたが、国道沿いのスーパーマーケットに入った。袋入りの食料品をいくつも買うと、それを箱に入れて車に積んだ。

「野菜や魚は買わなかった」

吉村がいった。

菊池は国道から県道に入って南に走り、コスモスの群生地を越え、緩やかに斜面がうねっている高原へ入った。美ケ原高原だった。車は横道に逸れて林のなかの山荘の前でとまった。箱を抱えた菊池は鍵を使って中に入った。

道原と吉村は目顔で合図すると、車を入ってきたほうへ向けてから降りた。

山荘の玄関はヒノキの厚い板で出来ている。目隠しするように雨戸は閉まっているが、小窓には灯りが映っていた。菊池は、そこに住んでいる者に食料を届けにきたのだろうと道原は判断した。

ドアに耳をつけてみたが、物音も人声もきこえなかった。

ドアをノックした。だが、ドアは開かないし応答もない。軒下を入念に見たがカメラは付いていなかった。

吉村が、ドアを叩いて「菊池さん」と呼んだ。

名を呼ばれたからには応えないわけにはいかないと思ってか、ドアが十センチばかり開いて、「だれですか」と、くぐもった声がきいた。

吉村がドアを引き開けた。

「警察の人……」

菊池は口を開け、尾けてきたのかときいた。

それには答えず、「ここにはだれがいるんだ」

道原がたたきへ踏み込んだ。

廊下が奥へ延びていた。そこへ男があらわれた。口は髭に隠れていたが、だれなのか分かった。

「有本静男だな」

道原がいって、靴を脱いだ。

廊下に立っていた有本は、「はい」といって両手をズボンの縫い目に付けて頭を下げた。警察官の習慣が身に焼き付いているようだった。

「ここはだれの家なんだ」

道原が菊池にきいたが、「そんなこと知るか」というふうに横を向いた。

有本は壁に張り付いていた。小型の書棚には小説本や写真集が挿してあった。暖簾がさがっていてキッチンにつながっていた。キッチンは広く、棚とガラスケースのなかには食器類が並んでいた。ここはだれかの別荘にちがいなかった。

有本は絨毯の床に正座した。道原と吉村は彼の前へあぐらをかいた。菊池は窓ぎわの白い椅子に腰掛けた。

「ここでなにをしていたんだ」

道原が不精髭の有本の顔をにらんだ。

「仕事の指示があるまでここにいるようにといわれましたので、指示を待っていました」

「だれにいわれたんだ」

「溝口さんです」

「いつから、ここにいたんだ」

「たしか八月二十五日からだったと思います」

「あんたは、長野市内に住んでいたがそこを引き払って、三条市の実家へ寄った。そのあと上田へ溝口を訪ねたんだな」

「はい」

どこで溝口一平を知ったかを道原はきいた。

「松本で流しをやらされているとき、私を脅していたメンバーの一人から、『頭の切れる親分』だと溝口さんのことをききました。私はその男からちょくちょく、溝口さんのことをきいていました」

「八月十三日、あんたは善光寺近くのコンビニでトイレを借り、そこへ拳銃を置き忘れた。いや、置き忘れたふりをした。そうだったな」

有本は二、三分黙っていたが、「そうでした」と、細い声で答えた。

「トイレの床に置いた拳銃を、持ち逃げしたのはだれなのか、分かっているか」

「小桜陽子だと思います」

「だれが持ち逃げするかの打ち合わせができていたんじゃないのか」

「銃を置いてくればいい、といわれていましたので、だれが取りにくるかは知りませんでした」

「あんたは、松本のもみじ万留という店で店員をしていた小桜陽子と知り合い、恋人同士のような付合いをしていた時期があったな」

「ありました」

「それなのに彼女は、あんたになにも告げず住まいを引き払った。彼女に騙されていたと気付いたか」

「なぜ一言もいわず連絡が取れなくなったのかが分かりませんでした。いろいろ考えているうちに、上田のグループの一員ではないかと疑うようになりました」

窓ぎわで椅子にすわっていた菊池がキッチンのなかへ消えたが、銀色の盆にコーラを注いだグラスをのせてきて、三人の前へ置いた。丸盆を床に置くと、また白い椅子に腰掛けた。

「発砲事件は八月十六日に発生した。被害者は赤ん坊を抱いた主婦だった。知っている女性だったか」

「いいえ」

「その主婦は、あんたが携行していた拳銃で撃たれた。それを知ったとき、どう思った」

「いずれ事件が起きるんじゃないかって、ひやひやしていましたが、自分が持っていた銃で人が撃たれたのを知ったときは、死にたいと思いました」

「女性を撃ったのは、だれだと思う」

「分かりません」

「犯人は、道路へタオルにくるんだ銃を捨てている。どうしてだと思う」

「恐くなったからだと思います。もう二度と引き金には指を触れたくないという気持ちにもなったような気がします」

小桜陽子に恨みを抱いているのかときいた。

有本は二、三分経ってから、「自業自得だ」といって唇を噛んだ。

有本は、ヤクザの仲間入りをしようとして溝口を訪ねたようだが、じつは陽子に仕返しをしようとしているのではないか。彼は陽子が憎いのだ。善光寺の仲見世通りで石曽根緑を撃ったのは、陽子ではないかとにらんでいそうな気もする。溝口は有本の狙いに気付いているので、この山荘へ閉じ込めているのではないか。

長野中央署へ注目すべき情報が入った。石曽根緑が撃たれた瞬間、道路の反対側を歩いていたという長野市内の七十代女性からの電話である。その女性は、『いままで何度も、お知らせしようと思っていましたけど、自信がありませんでしたので』と訪ねてきた捜査員に前置きした。

『東京にいるわたしの孫娘が、来年大学を受験することになっているんです。その合格祈願に善光寺さんのお守りを送って欲しいと頼まれましたので、それを求めにいく途中でした。わたしの三メートルばかり前を歩いていた背の高い痩せぎすの女性が立ちどまって、まわりを見まわしてから大きめのバッグに手を入れて、黒い布で包んだ物を取り出しました。わたしはその女性をよけるようにして追い越していきましたら、後ろで、パンというかドンというのか、それまできいたことのない音をきいて、振り返りました。なんの音だったのか、なにが起こったのか分かりませんでしたけど、背の高い女性は、黒い布で包んだ物を道路に落とすようにして、表参道のほうへ走っていってしまいました』

『背の高い女性の顔を見たでしょうね』

捜査員がきいた。

『見たような気がしますけど……。あ、思い出しました。その人、白いマスクをしていました』

『背の高い女が走り去ったとき、店の前では人が倒れ、いや、赤ん坊を抱いた女性が、たぶん道路に膝をついていたと思いますが』

『赤ん坊を抱いていた女性は、撃たれたということですけど、そのときは人ががやがや寄って、だれかを取り巻いているようでした。わたしはなにが起きたのか分からず、善光寺さんのほうへ歩きましたけど、膝ががくがく震えて、思うように歩けなくなりました』

彼女はその日はお守りを買いにいくのはやめて帰宅し、二、三日後にあらためて買いにいったといった。

発砲事件は自宅のテレビで知ったのだが、バッグから黒い布で包んだような物を取り出した長身の女性の姿を思い出し、その日は気分が悪くなって、夕飯をろくに食べられなかったといった。

『あなたがきいたパンとかドンという音は、拳銃の発砲音です。長身の女が拳銃を撃ったのはまちがいないでしょう。その女が道路の反対側にいた人を撃ったんですが、そのときの格好を見ましたか』

『わたしは音をきいて、振り返ったといったじゃありませんか。背の高い女の人が撃ったかどうかは分かりません』

『走り去った女の服装を憶えているでしょうね』

『服装は全身黒だったような気がします』

『スカートでしたか、それともパンツ』

『ズボンだったような気がします』

『帽子は』

『帽子。かぶっていたかどうか、憶えていません』

七十代の女性の記憶には曖昧な部分もあったが、石曽根緑が被害に遭った事件の目撃者の一人であることはまちがいなかった。同事件の発生を目撃したか、事件現場付近にいた人はほかに何人もいるだろうが、警察から当時のもようなどをきかれるのが嫌で、名乗り出ないのだ。

目撃情報をくれた七十代の女性が記憶している長身の黒い服装の女性は、小桜陽子を指しているようだったので彼女を追及した。彼女は初め、自分ではない、やっていないと犯行を否定していたが、最後には石曽根緑狙撃を自供した。

## 5

主婦の石曽根緑はなぜ狙撃されたのか。初めはだれかと人ちがいで撃たれたか、狙いがはずれて、たまたま近くにいた緑の背中に弾が当たってしまったのかと思われたが、狙撃犯人の小桜陽子の供述から緑を殺すつもりで撃ったことが判明した。

では陽子は、緑に恨みでも抱いていたのかと取調官はきいた。

『いいえ、わたしの知らない人でした』

陽子は真顔になって答えた。

緑をどうして射殺することにしていたのかをきくと、上からの指示で人混みにまぎれて殺(や)れといわれたと答えた。上とはだれのことかときくと、溝口一平だと答えた。

陽子は、緑の住所を教えられたので外出を狙っていた。八月十六日にそのチャンスが訪れた。緑は赤ん坊を抱いて善光寺の仲見世通りをぶらぶら歩いた。買い物をするつもりなのか商品を見るだけなのか、何度か商店の前へ立った。だがすぐに歩き出すので狙うことができずにいた。そのうち漬け物店の前に立つと、店のなかへ入らず外から商品を眺めているようだった。陽子は少し離れて立つと、バッグから黒いタオルにくるんだ拳銃をつかみ出し、目の前を人が通りすぎるのを待って、緑の背中目がけて思いきって引き金を引いた。

弾は命中した。が、緑の背中のどの辺に当たったのかは分からなかった。とにかく緑が両膝をついたのを見て、銃をタオルにくるんだ。それをバッグに入れようとしたが取り落とした。まわりにいた何人かにそれを見られたような気がしたので、拾うことができなかった。足はがくがく震えた。それをこらえて人混みを縫うようにしてその場を逃げ出した。銃を落としてきたことを後悔したが、もどるわけにはいかなかった。

緑を射殺目的で撃つ前の八月十三日、機動隊員の有本静男にコンビニのトイレに拳銃を置き忘れたふりをさせ、トイレから拳銃を持ち去ったのは陽子だった。

拳銃を初めて手にした陽子は全身が震えた。全国の警察官が彼女に拳銃を向けて迫ってくるような気もした。

雑木林のなかで試し撃ちすることにした。安全装置をはずすと銃を持った両腕を前へ伸ばした。引き金を引いた。かちっという音がしただけだったので、もう一度引き金を引いた。今度はずきんという衝撃が肩へはしった。その反動は予想以上だった。弾が何発装塡されているのかは分からなかった。弾は貴重なのであとは試し撃ちをしないことにした。

『石曽根緑さんをなぜ殺そうとしたのか』

と、取調官は溝口一平の顔をにらみつけた。

『陽子がその主婦に、怨みでも持っていたんじゃないんですか』

溝口は、鉄格子のはまった窓から空をのぞくような顔をした。

『陽子は、あんたの指示で実行したんだ。だれかから緑さんを始末してくれと頼まれたんじゃないのか』

『そんなことを、私に頼む人なんかいませんよ』

『そうでもないだろ。金額で折り合いがつけばなんだって引き受けるのがあんただ。……今年の四月、千曲川で村崎鉄国さんを殺したのは、あんただろ。河原の石からあんたが以前履いていたのと同じ靴跡が採取されているんだ。その靴があんたの住まいから消えてなくなっている。捨てたんだな。そうだな』

溝口は、ふんといって横を向いた。

県警の捜査員は、退院して自宅にいる緑に会いにいった。彼女は膝に赤ん坊を抱いていた。

捜査員は、彼女がなぜ狙撃されたのか分かっているかを尋ねた。

『それをずっと考えているんですが、分かりません』

『以前にあなたは、人を傷つけるようなことをした憶えがありますか。どんなことでもい い。思い出したら話してください』

彼女は子どもを寝かしつけると、捜査員のいる座敷へもどって正座した。

『わたしは、新潟県三条市の出身ですが、長野市へきて会社勤めをしていました。その間の十八歳から二十三歳まで、長野市の竹中政友という人とお付合いしていました。ある日、竹中さんは交通事故に遭いました。後ろから走ってきた車に衝突されたのでしたが、「明らかにおれを轢くつもりで左へ寄ってきて、おれをはねると走り去った」と入院中の病院でいっていました。……竹中さんは長く入院していましたけど、働くことのできないからだになってしまいました。わたしは考えた末、彼と別れることにして、それまで住んでいたアパートを引き払って、三条の実家へもどりました。でもそこで遊んでいるわけにはいかないので、ふたたび長野へ出てきました。長野で働いているうちに石曽根昭一と知り合い、二十五歳で結婚しました。そして次の年には男の子を産みました。わたしはときどき、竹中さんを思い出すことがあります。からだが不自由になってしまった彼は、わたしが幸せな結婚をして、子どもにも恵まれたのを知ったら、悔しがるのではないかと想像しました。彼が被った交通事故は、彼がわたしとお付合いしていたからかもしれません。わたしは気付いていませんでしたけど、だれかが竹中さんとわたしの仲を恨んでいたんじゃないかって考えたこともありました。……竹中さんは実家で、ぼんやりと日を送っているようですけど、もしかしたらわたしの暮らし向きをつかんでいたかも。……それ以外に、わたしを恨んでいそうな人はいないと思っています』

しかし竹中政友は自由に行動することはできない。もしも緑を殺したいほど憎んでいたのだとしたら、その思いをきき入れてくれそうな者に、殺害実行を依頼するだろうか。

石曽根緑に会った県警の捜査員の話をきいているうち、道原は再度、竹中政友に会いたくなった。交通事故に遭った竹中は働けないからだになっただけでなく、日常生活にも不自由しており、質問に答える言葉もたどたどしかった彼を思い出した。

竹中の家は小さな林を背負っていて、そこから蟬の声がきこえていた。

吉村が玄関に声を掛けると、政友の母親が転がるように出てきて、二人の刑事を座敷へ上げた。

政友は右手を胸にあて、左手で畳を漕いで、腰をひねるような格好をして縁側から座敷へ入ってきた。この動作にはすっかり慣れているだろうが、道原の目には痛々しく映った。

茶色の縞猫が彼を追ってきて、彼に密着するようにすわった。

最近の体調はどうかときくと、

「体全体が痛む日があるのは、以前と変わりませんし、一日中頭痛がやまないこともあります。お医者さんは、できるだけ体を動かすようにっていいますけど、杖をついて家の周りを歩くのが、精一杯です。きょうは少し涼しかったので、朝早く、二周しました」

彼は笑ったつもりなのだろうが、顔がゆがんで見えた。

「あなたは、自動車の運転をあやまった者にはねられたのではなくて、故意に衝突されたらしい。衝突した者は逃げ、何者かはいまもって分かっていない。あなたは、加害者は誰か考えたでしょうね」

「考えましたけど、思いあたる者はいません。前にもお話ししましたが、事故当時私は、浜本緑と親しくしていました。もしかしたら、緑のことを好いている人がいて、その人は私のことが憎いので、轢き殺そうとでもしたんじゃないかって想像したこともありました。……それから……」

政友は急に咳き込んだ。胸に手をあて、咳をいくつもした。母親が入ってきて彼の背中を撫でた。咳がおさまると母親は座敷を出ていったが、すぐに冷えた麦茶をグラスに注いできた。

「咳が出ると、背中じゃなくて、腹が痛いんです」

政友は、また顔をゆがめた。

「それから、思い出したことがひとつありました」

政友は、座卓へ腕を伸ばしてグラスをつかんだ。

「事故に遭う前は、いつもノートを持っていました。思い付いたことをそれに書いていました。……退院してから気付きましたが、そのノートがなくなっていました。事故に遭ったとき、それを落としたのかもしれませんし、緑の部屋へ置き忘れたのかもしれません」

「緑さんに、ノートのことをききましたか」

「いいえ。きかないうちに彼女はアパートを引き払って、いなくなりました」

それきり緑には会っていないので、ノートはどこで失ったのか分からずじまいだといった。

「そのノートには、大事なことが書いてあるんですね」

「ええ、まあ、人にきいたことなんかを、ちょこちょこと」

「人にきいたことというと、たとえばなにかを調べていたとか」

「まあ、そういうことです」

道原と吉村は顔を見合わせた。政友が持っていたというノートのことを、もっと追及してみようかと目顔で話し合った。

「そのノートに、どんなことを書いていたか、思い出せますか」

道原は、いくぶん濁っているような政友の目をにらんだ。

「興味深いことを、ちょこちょこと……」

政友は、二人の刑事をじらせた。

「あなたは、どんなことを調べていたんですか」

「ある出来事の話をきいているうち、面白くなって……」

「だれの話をきいて」

「最初は、緑だったと思います」

「緑さんの話がヒントになって、その話が事実かどうかを、たしかめる気になったということでしょうか」

「そうです。そうです」

政友は顔を上げて答えた。

どういう話だったのかを話してくれないかと道原はいった。

政友は麦茶を飲んだ。顎に滴が垂れたが彼はそれを拭かなかった。

「鉄道の話です」

「鉄道。……どこの鉄道ですか」

「信越本線です」

道原は首を少しかたむけるとあらためて政友の顔に注目した。吉村はノートを取り出してペンを構えた。

「夜の鉄道線路に血が落ちていました。それもいくつもです。駅員は、怪我をした人がいたはずなので、血痕を追ってその人をさがしたが、見つからなかったんです」

道原と吉村は、また顔を見合わせた。

# 第七章　霧の警笛

## 1

信越本線の三条と東光寺のあいだの線路には血痕が散っていた。夜の貨物列車に人が接触したことはまちがいなかった。怪我人は死んだのかどこへいったのかは不明。駅員は血痕のあった付近の医療機関にあたったが、怪我人の手当てをしたところを見つけることはできなかった。

怪我をしたのは、たぶん遠方の人だったと思われるが、夜の鉄道線路上でなにをしていたのか。人にいえないことをしていたので名乗り出ることも、近くの医療機関で傷の手当てをしてもらうこともできなかったにちがいない、と思っていたのだが、ある日、三条に住んでいる人から、鉄道事故に関係がある人ではないかという話をきいたので、その人を訪ねてみようと思っていた――

竹中政友はそこまで話したが、その先は口をつぐんだ。彼は、三条のある人を訪ねようとしていたところを、交通事故に遭い、しばらくのあいだ、三条へ行ってみようとしていたことを忘れていたのだという。

「竹中さんは三条で、だれを訪ねようとしていたんですか」

道原は竹中のほうへ首を突き出した。

「だれだったのかは思い出せません。人の話をきいて、鉄道事故に関係がありそうな人をさがすつもりだったんです」

竹中の記憶はそこでぷつりと切れたように黙ってしまった。思い出そうとしているのか、顔を天井に向け、凍ったように動かなくなった。猫は空腹を覚えたのか、刑事と竹中の会話が退屈だったのか、ゆっくりと伸びをして彼の横をはなれていった。

竹中は三年前の十二月、交通事故に遭ったのだが、日ごろ思いついたことを書きとめていたというノートを失くした。事故現場で落としたのだとしたら、それは彼と一緒に病院へ運ばれたはずである。もしかしたら緑の部屋に置き忘れたのかもしれない、と彼はいっている。

道原はその、「もしかしたら」を確かめることにした。

道原と吉村は、長野市桜枝町の自宅へ石曽根緑を訪ねた。靴箱の上で木彫りの猿が拝むように手を合わせていた。夫の昭一が彫ったものではないかと思った。

きょうの緑はグレーのシャツを着て、蒼い顔をして二人の刑事を迎えた。声にも力がこもっていなかったので、道原は体調を尋ねた。

「鈍痛っていうんでしょうか、きょうは背中と腰が痛んでいます」

彼女は腰に手をあてて前かがみになった。弾丸が食い込んで、腰の骨を削ったからにちがいない。

体調のすぐれないところをすまないがといい、

「三年前のことですが、思い出していただきたい」

道原は上がり口に腰掛けてからいった。

「三年前……」

緑は目を緊張させてつぶやいた。

「竹中政友さんが交通事故に遭った日です。竹中さんはあなたの部屋を出ていったが、いつも持っていたノートを置き忘れたようです。そのノートは部屋にあったのではありませんか」

緑の眉がぴくりと動いた。手を腹の前で組み合わせた。

「ノートは、ありませんでした」

その返事はぎこちなかった。

「竹中さんは、ノートを忘れていかなかったんですね」

「彼がいつもノートを持っていたことは知っていました。それは、帰るとき、持っていったんです」

「帰るとき、持っていくのを、あなたは見たんですね」

道原は言葉に力を込めた。

「はい」

「事故に遭った現場にノートはなかった。それで、あなたの部屋に置き忘れたのかもしれない、と竹中さんはいっている。ほんとうにノートはあなたの部屋にはなかったんですね」

道原は蒼ざめた緑の顔をにらんで念を押した。

「ありませんでした」

「竹中さんは、思い付いたことをノートに書いていたらしい、そういう彼を見たことがありますか」

「あります」

彼女は、竹中の小さな動作も記憶しているのだ。

「竹中さんがいつも持っていたのは、どんなノートでしたか」

「たしか灰色の表紙で、文庫本ぐらいの大きさで、表紙にＣａｍｐｕｓと刷ってありました」

道原と吉村は顔を伏せて、彼女のいったことをノートにメモした。目の前で刑事がメモを取る。この行為に威圧を感じる人は少なくないらしい。

「ペンは、どんな物でしたか」

「ポケットに入れる普通のボールペンだったと思います」

「軸（じく）の色は」

「黒だったか青だったか、憶えていません」

道原と吉村は、「お大事に」といって緑の家を出て車にもどると、彼女の話に嘘はなかったかを検討した。

「竹中のノートの件を切り出すと、彼女は少し表情を変えました」

吉村も緑をじっと観察していたのだ。

「そうだったな。竹中が彼女の部屋へノートを忘れていったとする。そのノートが彼女にはなんの役にも立たない物だったら、彼女は部屋を引き払ったさい、それを捨てただろうな」

「竹中はノートを彼女の部屋へ忘れていった。彼は思いついたことをメモしているようだったので、緑はノートの記述を読んでみた。自分に関することも書いてあるんじゃないかとも思った」

彼女は答えようとしたらしいが咳をした。咳は背中や腰に響くらしく、額に皺を立てた。

「ノートは……」

緑は胸をおさえた。一瞬、唇が白くなったのが見えた。

道原は前置きなしで切り出した。

「竹中さんが置き忘れていったノートには、どんなことが書いてあったんですか」

彼女は小走りに出てくると、さっきと同じように上がり口へ正座した。子どもは眠っているらしい。

二人はふたたび車を降りて、緑の家の玄関前で声を掛けた。

「よし」

彼女は竹中のノートのことで、われわれに嘘をついたんです」

ハンドルに手をかけていた吉村が顔を振り向けた。「もう一度、彼女に会いましょう。

「道原さん……」

彼女に関することがメモされていたんじゃないのか」

ったんだ。彼女はノートを竹中に返さなかったんじゃないか。それには興味深いことか、

「そうだろう。彼女はわれわれに嘘をついたんだ。竹中はノートを彼女の部屋へ忘れてい

「ノートには、興味深いことが書いてあったんじゃないでしょうか」

「人がそっとメモしているものを読んだので、緑は、ノートはなかったといったのかな」

「ノートを読みましたね」

道原は上がり口へ腰掛けると緑のほうへにじり寄った。

「申し訳ありません。さっきは嘘をつきました。……竹中さんはノートの上にペンをのせて、それを忘れていきました。彼がわたしの部屋を出ていってから何時間も経ってから、わたしはノートとペンに気付いたんです。すぐに必要なら、取りにもどってきたと思います。あとで分かったのですが、彼はわたしの部屋を出ていって、何分もしないうちに交通事故に遭いました。ノートを忘れたことに気付いて、引き返していれば、事故には遭わなかったかも……」

緑は両手で顔をおおった。

「あなたはそのノートを竹中さんに返さなかった。彼に直接会わなくても、届ける方法はあったのに、なぜノートを彼に返さなかったんですか」

「気になることが書いてあったからです」

「気になることとは、あなたに関することですか」

「いいえ」

彼女は首を振ると下を向いた。

「あなたに関することでないなら、話してください」

彼女は小さい声で、「はい」といってからもしばらく黙っていた。

「三十五年前の鉄道事故に関することです」

彼女はそういうと、またしばらく口を閉じていた。

道原と吉村は、彼女が話しはじめるのをじっと待った。

「ある日、そのノートが失くなっていることに気が付きました」

意外な答えだった。

「失くなったのは、いつですか」

「出産のために入院していたあいだだったと思います。退院してきて、それを知ったのですが、いつから失くなっていたのかは分かりません」

「ノートに書いてあったのは、鉄道事故に関することだったというが、どんなことが書いてあったんですか」

「信越本線の夜の線路上に落ちていた血痕が、だれのものだったかを、竹中さんはさぐっていたんです」

「あなたは、竹中さんのノートを読んで、竹中さんが調べて歩いた道を、たどったのではありませんか」

彼女はまた顔を伏せて、かすれ声で、「はい」といった。

彼女は、後ろめたいようなことをしていたと思い、ノートのことを刑事に正直に話せなかったのだといった。

「竹中さんはノートに、血痕の主を突きとめたと書いていましたか」

「三条市の人口、約九万八千人のなかから、該当する人をさがし出すのはむずかしい、とか。三条以外からきた人だったかもとも、書いてありました」

調べてはいたが鉄道で怪我をした人にはたどり着けなかったようだという。

「竹中さんは、なぜ怪我をした人をさがしていたんでしょうか」

「その人が、なぜ、夜間に線路をまたぐか、線路上を歩いていたのかを、知りたかったのではないでしょうか」

怪我をした人がいたのは確かだろう。その人はどこかの医療機関で手当てをしてもらい、その怪我も癒えて健康を取りもどしているかもしれない。

そのように考えれば、怪我人がどこのだれだったかを調べる気にはならないだろう。もしかしたら竹中は、「夜の血痕」の話をきいたとき、空恐ろしい事件が背後に隠れていそうだと感じたのではないか。それで、怪我人にたどり着けば、その人がなぜ夜の鉄道線路にいたのかが分かる。それを知りたくなった、ということでは。

「竹中さんのノートを読んで、あなたも怪我をした人をさがしあてたくなったんですね」

緑は小さく顎を引いた。

道原はペンをにぎった。怪我をしたのがだれかを調べていることが、怪我人に知られたのではないか。怪我人にとっては「夜の血痕」はなんぴとにも知られたくない事実だった。

## 2

石曽根緑は、竹中政友が置き忘れていったノートの記述を読んだ。竹中が交通事故に遭って、からだが不自由になってからのことである。ノートに書かれていたのは、夜の鉄路に点々と散っていた血痕はだれのものだったのかということだった。竹中にはなにかのヒントがあってか、血痕の主をさがし歩いていたことが書かれていた。血痕の主にたどり着いたのではなさそうだが、手の届きそうなところまで迫ることができていたようだ。緑はその記述に興味を抱いた。ノートを見て竹中の調査を引き継ぐように何度か三条へいった。彼女は、『線路に沿っている三、四十軒の家で聞き込みした』と語っている。

竹中と緑の行為が、夜の鉄道で怪我をした人に知られたのではないか。怪我をした人にとっては重大な秘密であって、人に知られたくなかった。ひた隠しにしていたことを、興味半分に調べている者がいることをつかんだ。人の秘密をつかんで、世間に知らせるつもりかもしれなかった。そうされる前に抹殺しようと考え、竹中の行動を監視し、恋人の部屋を出て自宅に向かっていた彼を車で轢き殺そうとした。

その犯人はそれ以降、結婚して石曽根姓に変わった緑を監視していたのではないか。緑を傷つけるか殺す方法を考え、そのチャンスを狙っていた。人の不幸を手に入れ、それを金にしようとしているのではと受け取ったかもしれない。

しかし、緑は、善光寺の仲見世通りで凶弾に倒れた。彼女を撃ったのは雑林グループの小桜陽子だった。彼女は「夜の血痕」の主ではない。不良グループは手の込んだ方法で拳銃を手に入れ、幸福の絶頂にあった緑を撃ち殺そうとした。

道原は、「あっ」と小さく叫んだ。

吉村が顔をのぞいた。

「緑は、竹中のノートは、いつの間にか失くなっていたっていったじゃないか」

「そうでした。家のなかから失くなったとしたら……」

「夫の石曽根が怪しい」

「もしかしたら石曽根も、ノートを読んで、三条へ、怪我人をさがしにいっているんじゃないでしょうか」

もしもそうだとしたら、石曽根の生命も狙われるのではないか。

道原と吉村は、石曽根が勤めている錦工房へ向かった。

板敷きの錦工房では長身の男が電動鋸で板を挽いていた。工房内には檜の香りが立ち込めていた。

社長の錦織は樽(たる)のような物を寝かせて、内側に鉋をかけていた。

石曽根は壁にくっつくような格好をして、ケヤキの材に鑿をあてていた。

道原は錦織に断わって、石曽根を呼んだ。彼は帽子を脱いでガラス張りの応接室へやってきた。

なにを彫っているのかと、道原は丸坊主の石曽根昭一にきいた。

「額縁です。気に入らないところがあったので、つくり直しています」

額縁は戸板紀之が注文したものではないか。彼は自分が描いた絵を持ってきてそれを収める額縁を誂えた。額縁を見る前に三条で不慮の死をとげている。

「奥さんは、だいぶ快復したようですね」

道原がいうと昭一は、体調のすぐれない日があるが、我慢しているようだといった。

「きょうは、大事なことをあなたにききにきました」

道原は昭一の顔をじっと見ていった。

昭一は、なんだろうというふうにまばたきした。

「奥さんは、他人のノートを持っていた。たぶん大事にしまっていたのだと思う。入院中だと思うが、そのノートが失くなっていたのを、退院後に知った。そのノートは、いまあなたが持っているんじゃないですか」

昭一は坊主頭に両手をのせた。眉根を寄せて深い皺を彫り、しばらくなにもいわなかった。

「知られてしまったんじゃしょうがない。じつは、タンスのなかにしまわれていたノートを見つけたので、なにが書いてあるのか読みました。その文字を見て、緑の物でないことに気付きました。なぜ他人のノートを緑が持っているのかと不審を抱きました」

「ノートには、どんなことが書いてあったんですか」

「簡単な地図が描いてあって、駅の名が書いてあったので、それは信越本線だと分かりました。次のページには『血痕』という文字が書かれていたので、どきっとしました」

「そのノートのことを、奥さんに話しましたか」

「いいえ。見たことも、ノートを持ち出して隠していることも話していません」

「奥さんは、タンスからノートが失くなっていることを、あなたに話したのでは」

「いいえ、なにもいいません」

「あなたはそのノートを見て、三条へいきましたね」

「いきました」

声が細くなった。

「三条へいって、なにをしましたか」

「地図が描いてあって、それに名字が入っていたので、その家を訪ねました」

「なんといって」

「お宅を訪ねてきた人がいるはずだが、それはなんという人だったかとききました。すると、なんのことだか分からないといった人もいましたけど、鉄道で怪我をした人をさがしているようだったといった人が、何人かいました」

「あなたは、三条へいったのは、一度ではないですね」

「三回、いや四回いきました」

昭一は、ノートの記述に名字が描かれていた何軒かの家を思い出しているようだった。彼にはノートがだれのものだったのかは分からなかったが、それを持っていた人は、『鉄道で怪我をした人に心あたりはないか』と、尋ね歩いたことを汲み取った。

石曽根昭一と緑の夫婦は、たがいに隠しごとをしていたことを道原は知った。

「そのノートを、どうしましたか」

道原は切り込むようにきいた。吉村はペンをにぎっている。

「持っています」

「見せてください」

昭一は立ち上がると応接室を出ていったが、すぐにもどってきた。更衣室のようなところへ隠していたようだ。彼は黙ってノートを道原に差し出した。

そのノートの表紙は古ぼけた灰色をしていた。何度も出し入れしたらしく隅がすり切れたようになっている。持っていた人が自分の名かイニシャルを記していないかと、最後のページと表紙の裏を見たが氏名のヒントになるような文字は書かれていなかった。

そのノートは、三条の鉄道事故のことを書くために買ったものらしく、いまから三十五年前の八月の夜、信越本線の貨物列車が、三条〜東光寺間で、線路に人影を認めて急停車したことが、最初のページに書いてあった。

次のページには直線を引いた一本の線の二か所に「三条」と「東光寺」と書いてある。直線は鉄道だ。その線の中間に×印が付けてあり、血痕が認められた地点らしいと付記されていた。

次のページにはいまから三年前の八月の日付と、地図が手書きされていて、升目のなかに［田中(たなか)］［本田(ほんだ)］［山形(やまがた)］という小さい文字が入っていた。そのあとの五ページにも同じような升目があり、そのなかにも名字と思われる文字が入っていた。

日付は三年前の八月から十一月まで。

このノートの持主は、三年前の八月から十一月に三条へいき、かつて鉄道事故のあった付近の家々で聞き込みをした。夜の鉄道で怪我をした人がいたはずだがそれはどこのだれだったのかを尋ねて歩いた。尋ね歩いたのは竹中政友。彼は「夜の血痕」をさぐろうとした。鉄道で怪我を負ったのに、隠しているのだとしたらそれには理由(わけ)がありそうだ。その理由を知りたくなって、たぶん休みの日に三条へ出掛けていたのだろう。

竹中は、浜本緑から昔話をきいた。

竹中は、念入りに聞き込みすれば、怪我人を知ることができ、どこに怪我を負ったか、なぜ夜間に線路上にいたかを知ることができるものと判断した。

竹中は、いまから三年前の八月から三条通いをはじめたのだが、これがアダになって車で轢き殺されかけた。

竹中の後を引き継ぐように、彼のノートを見て、彼の歩いた道筋をたどった緑は、射殺目的の凶弾を受けた。

そのノートはやがて石曽根昭一の手に落ちた。昭一もまたノートの記述を見て三条を歩いている。それは爆弾を抱えているようなものではないか。

「戸板紀之も三条で殺られていますよ」

車にもどると吉村がいった。

道原もそれを考えていたところだった。戸板は、三条駅と東光寺駅の中間に近い水田のなかで遺体で発見された。検死の結果、刃物で刺されていたことが判明した。

六十二歳の戸板は、一年前に勤めていた会社を辞め、そのあとはカメラを持って風景や草花を撮り、ときには絵筆を持つこともあった。

彼は松本に住んでいたが、今年の八月二日の夜、テレビで長岡の大花火を観ているうちになにかを思い付いたらしく、『あした新潟へいく』といって、翌日、家を出ていった。新潟のどこへいってなにをしていたのかは不明だが、八月五日の夜、三条市月岡で何者かに殺された。

「三条か」

道原は前方の白い雲を目に映してつぶやいた。次の瞬間、ヘチマのような長い顔で、いつも目だけがキラキラ光っている老人を思い出した。

3

道原の目に飛び込むように映った老人は、豊科で悠々自適の暮らしをしている清宮順吉。彼は無職だといっているが、あるとき三条に紬を織る老女がいるのを耳にしたので、それを見にいった。織り上がった製品と、老女の作業を見ているうちに商売気が芽を伸ばした。豊科へ帰ってくると、初心者でも一人ではじめることのできる道具を職人に誂えた。これを三条へ送って、老女に見せて話し合った。織る人を募ってみたところ、何人かが織ってみたいといい、現在は三人がその作業に携わっているということだった。

道原は清宮に電話を掛け、紬を織っている場所を尋ねた。行ってみたいといったのである。

「刑事さんが織物に興味をお持ちになったとは、意外です」

清宮はそういって三条市月岡の紬工房の所在地を正確に教えてくれた。

暑い日がつづいていたが、九月になると急に涼しい風が立って、コスモスを揺らした。

きょうは三条へ紬を織る人を見にいく、と三船課長にいうと、

「事件捜査には関係なさそうだが」

と、渋い顔をした。

道原は課長の顔色を無視して、「いくぞ」と、吉村を促した。

「紬を織ってるとこ、わたしも見たい」

シマコが道原の背中へいった。

「あとで写真を見せてあげるよ」

吉村が、パソコンの画面を向いている彼女にいった。

「写真……。わたしは織っているとこを見たいっていったのよ」

シマコはゴネていた。

車は、信越本線に沿って見附（みつけ）、帯織（おびおり）、東光寺とたどった。紬工房は刈入れ真近の水田に囲まれている農家風の古い建物だった。色づいた実をぎっしりつけたカキの木が、稲穂の海を渡ってきた風に揺れていた。玄関へ声を掛ける前に、たっ、たっ、たっという小さい音をきいた。屋内からは話し声もきこえた。入口の戸の上半分は明かりを取り入れるためか障子になっていた。

声を掛けると、「どうぞお入りください」と、女性の声がした。

工房の主人は岩端（いわはた）つやという名で、七十四歳だと清宮にきいていた。

土間へ一歩入ると、たっ、たっ、たっという音をまたきいた。

三人の女性が織機に向かっていた。その三人を五十代と思われるととのった服装の二人の女性が見ている。その二人に説明しているのが岩端つやだった。

つやは、道原と吉村を、紬織りを見学にきた者と見たらしく、「どうぞこちらで」といってから和紙の名刺を出しておじぎをし、「ごゆっくりどうぞ」といって微笑んだ。

彼女は二人の女性を手招きして、簡素な椅子をすすめた。二人はただの見学者でなく、織り物の商談に訪れたのかもしれなかった。

織機は四台あって、縦に並んでいた。たっ、たっと織っている人は前から順に二十代、四十代、五十代に見える三人だ。三人とも脇目もふらなかった。

道原は何年も前に、紬織りの工程を人からきいたことがあり、それを思い出した。紬織りの糸は、まず繭（まゆ）を煮てほぐし、引き伸ばして、真綿をつくる。その真綿から人の指先で糸に引き出し、その糸を織るというのだった。

商談に訪れたらしい二人の女性は帰った。岩端つやは二人を見送ると、道原たちの横に立った。

道原は織っている三人を見てから、

「うかがいたいことがありますが、よろしいでしょうか」

と、つやにきいた。

彼女は、道原の顔を見てから、「こちらへ」といって隣室へ招いた。その部屋には年代物らしいソファがあり、テーブルには藍色をした紬織りのクロスが敷いてあった。

「私たちはじつはある事件の捜査をしています」

道原は低い声で切り出した。

「どんな事件ですか」

つやは細い目を大きくした。

「ここの近くで亡くなっていた戸板紀之さんの事件です。戸板さんは松本市内に住んでいました」

「ああ、田圃のなかで亡くなっていた男の方。あの事件の犯人はまだ見つかっていないんですか」

「残念ですが、まだなんです」

つやは、刑事がなにをききにきたのかとさぐるような表情をした。

「三十五年も前のことですが、信越本線の三条と東光寺のあいだの線路上に、血痕が点々と散っていたことがありました。前の日の夜、線路上を歩いていた人がいて、走ってきた貨物列車に触れて怪我をしたにちがいなかった。駅の人は怪我人は重傷とみて、現場近くの医療機関で怪我の手当てを受けた人をさがしました。ところが怪我人をさがしあてることができませんでした。岩端さんはその話をおききになったことはありませんか」

「きいた憶えはありません。怪我をした人はいたのでしょうが、お医者さんにかかるほどの怪我ではなかったのではないでしょうか」

「いいえ。血痕の量から重傷だったはずといわれています。その事故についてはつづきがあるんです」

「つづきが……」

つやは首をかしげた。

「鉄道で怪我をしたのが、どこのだれだったかをさがして歩いた人が何人もいるのです」

「なぜ怪我をした人をさがしたんでしょう」

「単なる事故ではなく、事件が隠されているのではないかとみたんじゃないでしょうか。夜の鉄道のことですから、なにがあったのかと興味を持ったんだと思います」

「夜間に線路の上を歩いていたなんて。なにをしようとしていたのか……」

つやは首をかしげたり、胸の前で手を組んだりした。

「前から三番目の織機を使っている人は、なんという名前ですか」

道原は五十代の女性を指した。

つやは、なぜ織り子の名をきくのかと不審を抱いてか、激しくまばたいた。

「花戸文子（はなとあやこ）ですが、なにか……」

しました。右手に怪我でもしているのでしょうか」

「左利きなのでしょうが、じっと見ていたら、白い手袋している右手を隠すような格好を

「よくお気付きになりましたね。子どものころに農機具で怪我をしたそうです。痛むこと
でもあるのか、ときどき右手に薄い手袋をはめています」

「指に怪我をしたんですね」

「人差指と中指の第二関節から先がありません。わたしの知り合いに人工ボディ技師がい
るものですから、その人を訪ねてシリコンで指をつくってもらったんです。でも具合がよ
くないらしくて、それをはずしている日のほうが多いですね」

機織りの仕事には影響がないとつやは付け加えた。

念のためにと道原はいって、花戸文子の住所をきいた。天気のいい日は自転車で通って
いるが、ここから三条寄りに二十分ほどだという。

「刑事さん……」

つやは組み合わせた手を唇にあてた。

「刑事さんは、文子の手をご覧になって、もしや、鉄道のと……」

道原は小さくうなずいた。

つやは、そんなはずはないというふうに、首を強く振った。しかし顔は蒼ざめていた。

道原と吉村は、紬を織る三人をあらためて見てから、岩端つやに頭を下げて工房を後に

した。たつ、たつ、たっという音が後を追いかけてきた。

道原は、花戸文子の身辺についてつやから詳しく話をききたかったがやめにした。文子

の怪我は農機具が原因だったかもしれないからだ。つやの話に頼るより自分たちで情報を集めてみることにした。

花戸文子の住所は小さな神社の横で、県道を逸れた農道のような未舗装の道の突きあたりだった。道に生えた草が寝ていた。それは車が往来する跡で中央部には草を踏んだ跡があった。小ぢんまりした平屋に向かって右側はトウモロコシの畑、左側はサツマイモの畑だった。窓辺にタオルが二枚ひらひらしていた。

文子はだれと住んでいるのか。夫は勤め人なのか。彼女は五十二、三歳に見えた。子どもは何人いるのか。

その家は押し黙っているように固く戸締りされているようだったが、玄関へ声を掛けた。応答がなかったのでドアをノックしたが同じだった。

隣家とは三十メートルぐらいはなれていた。その西川(にしかわ)という家の庭は広く、柴犬がつながれていて、道原たちを見るとさかんに吠えた。「見知らぬ人がきたぞ」と家人を呼んでいるらしかった。

六十近い主婦と思われる人が玄関から出てきた。洗いものでもしていたのか、タオルを

つかんでいた。

「隣の花戸さんのことをうかがいたい」

と道原がいうと、主婦は、

「どうぞなかへお入りください」

といって、広いたたきに椅子を二つ並べた。庭もたたきも広いのは、農産物を取り込む必要があるからだろう。廊下は光っていた。そこに肥えた猫がすわって来訪者を観察している。

「花戸さんのどういうことをお調べですか」

板の間へ正座した主婦がきいた。

「なにも知らないんです。たったいま、紬工房で機を織っているところを見ただけです。見ただけですが、ちょっと気になる点があったので」

道原は、主婦がすすめた椅子にすわった。

「花戸文子さんは、亜希津（あきつ）さんという名の娘さんと二人暮らしです。文子さんは五十三歳だということを知っています。亜希津さんは三十代半ばだと思いますので、若いときの子でしょう。ここへは十四、五年前に引っ越してきました。あの家はうちの主人が両親の住まいとして建てたけど、両親が相次いで亡くなって、空き家になっていました。花戸さんはここへくる前も三条市内に住んでいたようです。引っ越してきたときのことを憶えていますけど、家具なんかがあまりにも少ないのでびっくりしました。亜希津さんのお父さんはどうしたのか知りません。花戸さんにきくわけにもいきませんので、わたしどもはじっと見ているだけです。毎月末に花戸さんが家賃を持ってきてくれますが、それ以外には会うこともありません。亜希津さんはいるのかいないのか、めったに姿を見ないんです。どこかに勤めているのでしょうが、それも知りません」

主婦はそういってから、気になることとはなにかときいた。

「本人にはききにくいことですので」

道原はそういって、文子は右手の指を二本失っているが知っているかときいた。

「知っています。何年も前の冬のことですけど、家賃を持ってきてくれたとき、左手で右手をかばうようにしていました。それでどうしたのかとききましたら、子どものとき、農機具をいじっていて怪我をしたといいました。痛々しく見えたので、怪我のことは詳しくききませんでした。それと母娘だけの世帯ですので、人に話したくない事情でもあるのだろうと思っています」

主婦はそういってから、「あっ」といって額に手をやった。なにかを思い出したらしく、瞳を天井に向けていた。

「三年ほど前のことです。たしか三十代半ば見当の男の人がきて、昔鉄道で大怪我をした人がいるはずだが、心あたりはないかってきかれました。出し抜けになにをきくのかと思いましたし、鉄道で大怪我をした人なんて知らないと答えましたけど、その男の人が帰ってから、ふっと花戸文子さんの右手を思い出しました」

主婦は、わたしの勝手な想像ですといい足した。

## 4

花戸文子と亜希津が住んでいる家から四、五十メートル、家主の西川家からは五、六十メートルはなれた二軒の家の主婦も西川家の主婦と同じ話を思い出した。『鉄道で大怪我をした人がいるはずだが、心あたりの人を知らないか』ときかれたことがあった。鉄道の件は三十年以上前のことで、線路上には血痕が点々と散っていた、と聞き込みにきた男はいった。

それはいつのことだったかをきくと、三年ほど前だったと思うといずれの主婦も慎重な口調でいった。

「聞き込みにきた男は、竹中政友じゃないでしょうか」

吉村がノートとペンを持っていった。

「たぶんそうだろう」

道原と吉村は、『鉄道で大怪我をした人に心あたりは』とききにきた人を憶えていない

かという質問をして、何軒かをまわった。『知らない』『憶えていない』という家が多かったが、畑で芋を掘っていた夫婦が、

「二、三年前だったと思うが、鉄道で怪我をした人に心あたりはないかってききにきた女の人がいました」

といった。

「女性ですか」

道原は念を押した。

「二十三、四歳に見える可愛い顔の女性でした」

「きかれたことに、お心あたりがありましたか」

「ありません。なぜそんなことをきくのかって、逆にきいたら、怪我をした人に会いたいのだといっていたような気がします」

その女性は浜本緑だったような気がする。

緑は、親しくしていた竹中政友が置き忘れていったノートを読んだ。それを読んで、竹中が三条で、夜の鉄道で大怪我をしたが現場に血痕を残して消えた人をさがしていることを知り、竹中がなぜ怪我人をさがそうとしていたのかをつかみたくなった。そして彼を車で轢き殺そうとした人間は、鉄道の怪我人と関係があるのではと勘付いたのではないか。鉄道の怪我人は、自分に近づいてくる足音をきいた。自分をさがしあてて、なぜ夜間に

線路上にいたのかをききたいにちがいない。それはお節介どころか迷惑きわまりないことだった。自分をさがしあてようとしている人は、なにかに書いて公表しようと考えているのかもしれなかった。そこで、自分をさがしている人間が聞き込みに歩いた家から氏名や住所をきき出した。それは長野市の竹中政友だった。彼は休日を利用したらしいが、何回にもわたって三条へきていることが分かった。執念ぶかい性格だろうとみたし、いずれ自分をさがしあてそうな気がした。そこでさがしあてられる前に抹殺することにしたのではないか、と道原は読んだ。

竹中の息の根を止めることはできなかったが、働けないからだにしたので、逆襲にやってくる心配はなさそうだった。

ところが予想外のことが起こっていた。竹中の跡を踏むように、若い女性が聞き込みに歩いているのを知った。

その女性は浜本緑で、三条の出身だが長野に住んでいた。からだが不自由になった竹中政友とは縁を切ったようだった。新しい恋人ができたからだ。緑はやがて結婚した。そして子どもを産んだ。なんだか人生の絶頂期にさしかかった人に見えた。

緑が、鉄道での怪我人の調査を諦めていなければ、また付近での聞き込みを再開しそうだ。それをさせないためになんとかしなくてはならなかった——

道原と吉村は話し合って、花戸文子の帰宅を待つことにした。彼女の右手の怪我は、彼女が人に話しているとおり、子どものときに農機具で指を途中から二本失ったものかもしれない。だがそれを本人の口からきいてみたかった。

頭上の曇り空を烏が二羽、山のほうへ飛んでいった。五、六分後には七、八羽の烏が山へ向かって舞っていった。午後五時半、農道へ自転車が入ってきて、真っ直ぐ近づいてきた。神社の鳥居の前で降りると、神社に向かって手を合わせた。花戸文子だった。彼女は家の壁に寄せかけるように自転車を置いた。そこへ男が二人近づいたので、どきりとしたような顔をして胸に左の手をあてた。

「お昼前に紬工房へお邪魔した者です」

道原がいうと、分かっているというふうに彼女は小さくうなずいた。

「わたしの帰りを、お待ちになっていたんですか」

彼女は胸に手をあてたまままきいた。手袋をはめていない右手は寂しげに見えた。

「どうしてもうかがいたいことがありましたので」

彼女は、分かった、というように首を動かすと玄関を鍵で開けた。

せまいたたきには赤と黄色のサンダルがそろえてあった。靴入れの代わりに木箱が二つ重ねてある。それには踵の高い黒い靴と山靴が入っていた。

この家には歳をとった夫婦が住んでいたからか、床は低かった。

文子は二人の刑事をキッチンへ招いた。刑事との話は長くなりそうだとみたようだ。簡素なキッチンには横長のテーブルがあって椅子が四脚揃っていた。

「いま、お茶をいれます。すぐに沸きますので」

「お構いなく」と道原がいったが、文子は食器棚から湯呑みを取り出したりして椅子に腰掛けなかった。

冷蔵庫もテレビも小型である。家主の主婦が入居のさいの荷物を見て、家具類の少なさが印象に残っているといっていた。母娘でひっそりと暮らしているようだが、娘はどこかに勤めているのだろうか。隣室との境のふすまはぴたりと閉まっていた。ふすまには二か所、繕った跡がある。

「お嬢さんはお勤めですか」

道原がきいた。

「いまは東京の会社に勤めています」

文子は立ったまま答えた。

「では、あなたはお独りで。……お寂しいですね」

文子は急須でお茶を注ぎながら首を動かした。後ろから見ていると急須を左手で持っていた。

テーブルに置かれた湯呑みには赤と青の鳥が描かれていた。彼女は自分の湯呑みにもお茶を注いで、左手でテーブルに置くと、小さな音をさせて椅子に腰掛けた。

「紬工房には長くお勤めですか」

道原は、文子の白髪まじりの頭を見てきいた。

「二十年近くになります。未経験でしたので、岩端さんの指導を受けました」

「それまでは会社勤めでも」

「三条の鋏をつくる会社に勤めていましたけど、会社の業績が悪くなって、何人かが人員整理の対象になり、わたしもその一人にされました」

彼女は左手を湯呑みに触れた。右手はテーブルの下に隠れている。

道原は、ききにくいことだがと前置きして、右手に怪我をしているようだが、どうしたのかと声を低くしてきいた。

彼女は目元を変化させたが、子どものころ農機具でと、消え入るような声で答えた。これまで何人もにきかれ、そのたびに同じ答えをしてきたにちがいない。

「農機具って、どんな機械で」

「脱穀機です」

彼女は、右手を見るな、というふうに右手を後ろへずらした。

「怪我をしたのは、いくつのときでしたか」

「十五のときでした」

「では、幼いときではありませんね。農作業のお手伝いでもしていたんですか」

これまで、手の怪我のことを突っ込んできかれたことはなかったのではないか。

「はい。そうです」

そういった声も小さかった。

道原たちは昼間、花戸文子の公簿を見ている。彼女の両親はすでに他界していた。肉親は花戸勝也（かつや）という兄。勝也は東京の工業大学を出て、三条の洋食器製造会社に勤めていた。三十代で独立して理容器具製造業をはじめた。これが成功して三条では最大手の理容器具メーカーになっている。

文子は勤めていた会社の業績が不振になって、解雇された。そのあと兄勝也の会社に就職しようとはしなかったのか。

道原は、花戸勝也に話を聞くことを思い付いたので、今夜はそれ以上のことを文子にきくのはやめることにして椅子を立った。

文子は、刑事がなにを知りたくて夜間に訪ねてきたのかと、首をひねるのではないか。自分の経歴を知りたかったのか。それとも娘の亜希津について知りたいことでもあったのか、と考えていそうな気がした。

外は暗かった。三十メートルほど先にぽつんと街灯が点いている。反対側の西川家からは灯りが洩れていた。いまごろは家族が食卓を囲んでいそうだ。振り返ると、花戸文子の家の灯りはいかにも小さかった。

道原たちは日帰りのつもりだったが、会いたい人を思い付いたのでホテルを見つけることにした。

燕三条駅の近くのビジネスホテルにチェックインすると外へ出て、小料理屋へ入った。

「一杯だけ飲もう」

といって、日本酒を注文すると、体格のいい女将が越後金盃をすすめた。

「三条の水田で殺されていた戸板紀之が四、五年前、越後金盃の醸造工程を見学にきたということだったな」

道原は辛口を一口ふくんだ。

「戸板紀之はずっと前、三条や長岡の酒造所から広告を取る仕事をしていたんでしたね」

その戸板が、テレビで長岡の大花火を観ているうち、なにかを思い出したように、「新潟へいく」といいはじめた――

## 5

厚い雲が頭にかぶさってきそうな朝、道原と吉村は三条市の花戸美粧器（びしょうき）株式会社の受付に立った。水色の制服を着た受付係の女性に、社長の花戸勝也氏に会いたいと告げた。

受付係は電話を掛ける前に、「お約束をいただいておりますでしょうか」ときいた。

「約束はしていません。急ぐ用事があるんです」

受付係は首を縮めるようにして電話を掛けた。四、五分すると若い女性が近づいてきて、応接室へ案内するといってエレベーターへ招いた。

応接室へあらわれた社長の花戸勝也は背が高かった。五十六歳だ。茶色地にグリーンの縞の通ったスーツはよく似合っていた。名刺を交換すると、

「ご用をどうぞ」

と花戸はいったが、急かしているようではなかった。

「妹さんの文子さんのことをうかがいにまいりました。じつはきのう、ご本人に会いましたが、肝心なことをききそびれました。いや、ご本人にきかないほうがよさそうだと思ったんです」

道原は少し前かがみになって声を低くした。

「どんなことでしょうか」

花戸は、何事にも自信があるといっているように、ゆったりした口調できいた。

「文子さんの右手には、怪我をした痕がありますが、どこで怪我をされたのかをご存じでしょうね」

「そのことですか。どこで怪我をしたのかを本人にきいても、正直には答えないと思いま

す。ですが、怪我をしたことだけは死んだ両親も私も知っていました」

花戸は胸を反らすと目を瞑った。思い切ったことをいうために呼吸をととのえているようだった。

「三十年以上前のことですから、お話ししてもいいでしょう。……文子が十八歳のときです。私は東京の大学に通っていましたが、病気をした母の見舞いに帰省していました。ちょうど文子のことを父と母からきいているときでした。夜の八時か九時ごろだったと思います。文子が蒼い顔をして、ハンカチを手にあてて帰ってくると、背中を丸くして倒れ込みました。なにがあったのかは分かりませんでしたが、押さえている手からは血が噴き出ていました。文子に寄り添った母は手のおびただしい血を見て倒れそうになりました。父と私とで文子を寝かせたのですが、右手の二本の指がなくなっているのを見て、のけ反りました。父はかかりつけの内科の医者を電話で呼びました。駆けつけてくれた医師も、文子の右手を見てびっくりしたようです。次の日、病院へいくようにと文子にすすめましたが、彼女はいきませんでした。内科の医師は何日間か消毒に通ってきてくれていたようです」

大怪我をした文子だったが、医療機関へは通わなかったという。

「どこで怪我をしたのかを、文子さんにききましたか」

「ききましたが、彼女は両親にも話しませんでした」

「どこで怪我をしたのかは話さなかったが、なにがあったかの見当ぐらいはついたのではありませんか」

「そのころ文子は、少し歳の差のある男と親しくしていたのを、両親は知りました。それで男は結婚していることも考えられました。両親は文子に、男を家に連れてくるようにといっていたようです。しかし、文子が男を連れてこないのか、それとも男が嫌がったのか、両親はその男とは一度も会わなかったようでした。怪我をした夜のことですが、文子はその男とどこかで会っていたようです」

「すると文子さんの怪我と男は、関係があるのではないでしょうか」

「私は、関係があるとみています」

ドアにノックがあって、若い女性社員が紅茶を運んできた。その社員は不慣れな手つきで三人の前へ藍色のカップを置いた。

「私は、文子の怪我を……」

花戸は言葉を切り、「どうぞ」と紅茶をすすめ、二、三分黙っていたが、

「文子は、男と争ったんじゃないでしょうか。もしかしたら彼女が刃物を持っていた。男に切りつけようとしたか、自分を傷付けようとしたか。いずれにしろ、刃物によって指を失ったんじゃないでしょうか」

花戸は、紅茶のカップに視線を注ぐようにしていった。

今度は道原が四、五分黙っていた。

「こういう事件がありましたが、お耳に達していたでしょうか」

「どんな事件ですか」

花戸は目を見張った。

「三十五年前の夏の夜のことです。信越本線の貨物列車が、線路上に人影らしいものを認めたので、緊急停止して乗務員が線路を見回った。だが異状はないようだった。次の朝、三条駅の駅員が線路の見回りをした。すると三条駅と東光寺駅の中間地点の線路上に、血痕が点々と散っていた。駅員は、昨夜、貨物列車に接触した人がいたはずだと報告書に記したんです」

「三十五年前の夏……」

花戸は唸るような声を洩らした。彼は文子の十八歳の夏の夜の惨事を思い出したようだ。

道原は、文子の十八歳の夏の夜の出来事を想像した。――文子と歳の差のある男とのあいだに秋風が吹き抜けるようになり、男が別れ話を切り出した。が、彼女は別れられないといって、彼が帰る後ろ姿を追いかけた。彼は田や畑を越え、鉄道線路をまたいだ。文子も線路を横切ろうとしたそのとき、列車が驀進してきた。彼女の手は彼に向かって、『いかないで』と線路に伸びていた。鉄の車輪は彼女の指を引きちぎった――

「文子さんは、お子さんを産んでいますが」

道原は、苦い顔をした花戸にいった。

「付合っていた男の子です。子どもを産むことについては父も母も反対のようでしたが、文子は両親のいうことを聞き入れず、突き出してきた腹を抱えて、家に閉じこもっていました」

文子は女の子を産み、亜希津と名付けた。

彼女は怪我をしてから人が変わったように気が荒くなり、母とはしょっちゅう衝突していたらしい。それでも両親と一緒に住んでいたが、両親が相次いで亡くなると、家や田畑を処分して転居した。

「二人きりの兄妹ですが、両親の法事のとき以外に文子とは会っていません。文子の娘の亜希津は三十をすぎているのに、結婚の話もないようです。おととしでしたか、亜希津がひょっこり訪ねてきました。この会社の前を通ったのでとかいっていましたが、男のような服装をしていました。文子のことをきいたら、『紬を織ってるけど、だれからも愛されない母と子、なんていっている』といって笑っていました。背は高いし、器量も悪くないのに、変わった娘です」

花戸はいってから薄く笑った。

道原は、吉村が運転する車の助手席で、花戸勝也のいったことを書いたノートを読み返していた。北陸自動車道を走っているが、ところどころで鉛のような日本海が見えた。

花戸文子は十八歳のとき、少し歳の差のある男と親しくしていたと勝也はいった。そして文子は、大怪我をした年の翌年、女の子を産んだ。

道原は、戸板紀之のアルバムを見ることを思い付いたので、彼の息子の輝治に電話した。すると紀之のアルバムは娘の久留美が持っていったといった。久留美は昨年、婚約者であった青沼将平を山で亡くした。青沼は涸沢へ向かっての下山中に本谷へ転落して死亡した。彼の肩と背中には山靴で蹴られたと思われる痣が刻印のようにすり込まれていた。何者かに蹴落とされた証拠だった。その証拠を山岳救助隊員と吉村は、力の弱い者の犯行の可能性があるとにらんでいた。

道原は久留美の勤務先に電話し、会って話したいことがあるといった。

彼女は午後六時半には帰宅していると答えた。自宅のほうが落着いて話ができるということらしかった。

道原と吉村は、午後六時半ぴったりに長野市箱清水のマンションに着いた。久留美は帰宅していて、簡素な椅子のある部屋へ刑事を通した。青沼と住むつもりの場所だった、と彼女はいって唇を嚙んだ。

道原は彼女に電話したさい、思い付いたことがあるので、『お父さんが遺したアルバムを見せていただきたい』といった。彼女は小ぶりのテーブルに分厚いアルバムを二冊置いていた。

アルバムの最初のページは紀之の中学生のときの写真で、彼は直立不動の姿勢で口を固く閉じていた。その写真の下には小さいメモが貼ってあり、［父が初めて買ったカメラで］と書いてあった。紀之の父は久留美を彼女の誕生日のたびに撮っていた。紀之も彼女をたびたびカメラに収めていた。それは娘の成長の記録でもあった。

ページをめくり人物が写っているたびに、その人の名前を久留美にきいたが、親戚の人以外はどこのだれなのか知らないといった。

「あ、この人」

吉村が名刺大の女性の写真を指差した。

道原もその写真を食い入るように見つめた。それは紛れもなく花戸文子だった。彼女は水玉模様のシャツを着て微笑んでいた。十八か十九歳のころではないかと思われた。

アルバムの写真は五ページを残して終わっていた。花戸文子の写真は一枚だけだった。紀之は彼女を記憶にとどめておきたかったのではないか。

道原は思い付いた狙いが的中したのを知った。

十八歳のころの花戸文子は、少し歳の差のある男性と親しくしていたことが、彼女の両親にも兄にも知られていた。その男性は戸板紀之だったにちがいない。文子が十八歳というと三十五年前。紀之は二十七歳だ。

かつて紀之は、酒造所をまわって広告を取るセールスマンだった。彼が三条や長岡や見附の酒造所を訪ねていたことは人の記憶に残っている。

三十五年前の夏の夜、紀之は文子と会っていた。その日の紀之にはどうしても宿泊していた場所へ帰らねばならない用事があった。あるいは彼は、彼女に別れ話をしたのかもしれない。彼女は首を横に振った。『別れるのは、嫌だ』といって、逃げるように去っていく彼を追いかけた。彼は信越本線の線路をまたいだ。彼女が追いかけてくるのを知っていただろう。彼が線路を越えた直後に貨物列車が警笛を鳴らして通過した。通りすぎてから停車した。彼を追いかけてきた文子は列車に巻き込まれたとみたのではないか。あるいは彼女は走ってきた列車に飛び込もうとしたが、手の指をちぎっただけではね飛ばされた。

彼は彼女が、どのようになったのかを確かめなかったのではないか。

道原は、アルバムに貼られた文子の写真にあらためて目を落とした。十八歳の文子は、『いかないで』と腕を伸ばして叫んでいた。

このとき彼女は、身籠っていたのである。

## 6

道原と吉村は、またも花戸文子を三条の紬工房へ訪ねた。

警察官の有本静男を脅したうえ、拳銃を奪い、そして殺人未遂事件まで引き起こし、そのうえ幼児監禁まで起こした事件の被疑者である溝口一平の口から、花戸亜希津の名が出たからだ。溝口は亜希津を何年か前から知っていて、『仕事のできる女』と話した。

あらためて文子を訪ねた道原は、

「亜希津さんはどこに住んでいますか」

ときいた。

「住まいは東京ですが、仕事であちこち飛びまわっているようです」

「どんな仕事をしているんですか」

「詳しいことは知りません。仕事だときいているだけですので」

文子はそういうと、亜希津は今夜帰ってくることになっているとつけ足した。彼女は、亜希津になんの用事かとはきかなかった。

「おたくの玄関には山靴がありましたが、あなたは登山をするんですか」

「わたしはしません。あれは娘の靴です」

文子は顔を伏せて答えると、織りかけている紬に白い布を掛けた。

「きょうは、いい仕事ができそうもないので、帰ります」

といって、埃を払うようなしぐさをすると、岩端つやに頭を下げた。俯いたまま布製の小さなバッグを自転車のハンドルに掛けると走りはじめた。その自転車を道原たちはのろのろ追った。

文子は何度も自転車をとめた。平坦な道なのに息継ぎをしているようだった。それは考えごとをしているからか。刑事の車が後を尾けているのを知っているので、これからなにをきかれるか、どう答えようかと迷っているようにも見えた。

自宅に着いた文子は、鍵を使わずに玄関へ入った。ドアは施錠されていなかったのだ。家にはだれかがいるのだろう。それは亜希津にちがいなかった。

家の横にはグレーの乗用車がとめてあった。亜希津の車なのだろう。

道原と吉村は、文子につづいて玄関へ入った。

亜希津が出てきた。彼女は母が引きつれるようにしてきた道原たちを見て怪訝そうな顔をした。

「長野県の刑事さんよ」

文子が亜希津にいった。亜希津は怒ったような、戸惑っているような表情をして、板の間に膝をついた。背が高く、薄く染めた髪を後ろで結わえている。シャツとズボンはデニムだった。

「あなたにききたいことが山のようにある」

道原がそういったところへ玄関前で車がとまる音がした。入ってきたのは三条署の本間と三十代の体格のいい刑事と女性警官だった。

文子にもききたいことがあったので、道原たちの車に乗ってもらうことにした。亜希津は三条署の車に押し込まれた。

道原は、玄関の木箱に収まっていた山靴をあずかっていくことを忘れなかった。預かり証は吉村が記入して上がり口へ置いた。

三条署の取調室で道原と吉村は、花戸亜希津と向かい合った。彼女は不良っぽい顔をして横を向いている。

「登山はいつからしているの」

「ずっと前」

意表をつかれてか、彼女の眉がぴくりと動いた。

四、五分経ってからぽつりと答えた。

「ずっと前というと、学生のころということ」

「高校のとき」

「それから何回ぐらい山に登っているの」

「四、五回」

「どことどこへ登ったの」

「憶えていない」

「四、五回なら、登った山の名ぐらい記憶しているだろ」

「白馬岳」

「白馬だけじゃないだろ」

「仙丈（せんじょう）」

南アルプスだ。

「涸沢へは何度もいっているんだろうね」

「どこですか、それ」

「北アルプスへ何度も登っている者が、涸沢を知らないはずはない。横尾山荘へ泊まったことは」

「ないと思います」

三条署員が耳打ちしに入ってきた。

「青沼将平の肩と背中の痣と、あずかってきた山靴の底の刻みとが、ぴたりと一致しました」

その報告に道原と吉村は強くうなずいた。

「去年の十月十三日の午後、あんたはどこにいた」

「そんな、去年のことなんか……」

「憶えていないっていうんだね」

「そんな前のこと、憶えている人、いますか」

「忘れられない出来事があれば、その日の時刻もはっきり憶えているはずだ。どこにいたんだ」

「憶えていないっていってるじゃない」

「あんたは横尾本谷の頂上付近にいた。涸沢からそこへ下ってくる青沼将平さんを待っていた。あるいは涸沢からの下りを尾行していた。そして本谷の頂上あたりに差しかかった青沼さんの背中を蹴った。蹴ったが転落しなかったので、足で肩を蹴るか押して、転落させた。きょう、あんたの山靴をあずかったのは、それを確認するためだった」

「山靴なんか売ってるものだし、同じ靴を履いてる人は大勢いる。わたしはそんなとこへいってないよ。だいいち、青沼なんとかっていう人なんか、知らないよ」

「あんたの山靴はドイツ製の高級品だ。それを買った人は全国に数人しかいない。それとあんたの山靴の右の踵が二センチばかり欠けている。岩を蹴ったか、刻みに詰まっていた石がはじけ飛んだかして、一か所が欠けたんだ、その跡が青沼さんの背中に鮮明に刻印されているんだ」

なぜ青沼を殺害したかを、道原は追及した。だが亜希津はものをいわなくなった。

彼女を松本署へ移して、あらためて青沼事件を取り調べることになったが、その前に道原は取調室で文子に会った。文子と亜希津は口の形が似ていた。口が小さくて唇は薄かった。

道原は青沼将平が殺された事件を話し、遺体の痣から亜希津の犯行にまちがいないと話した。

文子は左手を額にあてていたが、

「お話しします」

といって、すわり直すように腰を動かすと頭を下げた。亜希津の犯行であることを認め、謝罪しているのだった。

「戸板紀之さんを怯えさせる目的で青沼さんを殺ったのです」

「戸板さんを、怯えさせる……」

「わたしは戸板との関係を亜希津に話していました。あの子の父親は戸板だからです。……三十五年前の夏のことです。戸板はわたしと別れるために会いにきました。じつは結婚しているのだといいました。そうではないかとわたしは想像したこともありましたけど、彼のことが好きだったので、別れることなどできません。わたしは泣いて、別れ話なんかしないでといいましたけど、彼は決心してきたらしく、ご免なさいを何遍も繰り返して、逃げるように去っていきました。わたしはお腹に子どもがいることを話すために彼を追いかけました。……彼は暗い線路をまたぎました。わたしはどうしても彼にいいたいことがあったので、線路に入りました。列車が警笛を鳴らしました。わたしは列車に轢かれてもかまわないという気持ちになっていたと思います。わたしは、線路を渡りきっている彼に、『待って』と、腕を伸ばしました。列車は、『彼を追うな』とか、『諦めろ』というように、わたしの指をはね飛ばしました」

彼女は、わっと口を開けると、両手を広げて顔をおおった。きょうの彼女は義指をつけていなかった。

彼女は三十分ほど忍び泣いていたが、ハンカチで目を拭うと、ふたたび語りはじめた。

文子から戸板紀之のことをきいた亜希津は、戸板の身辺を調べた。その結果、最近の彼は自由で気楽な暮らしをしていることを知った。彼には娘がいて、間もなく結婚することになっていることもつかんだ。そこで戸板の娘を血祭りに上げることも考えたが、娘の婚約者を殺して娘に不幸を味わわせ、同時に戸板も哀しませることにした。そして今年の八月、戸板の動向を嗅いだ。

すると彼は三条へきていた。その目的が分かった。文子の現住所をさがしているのだった。彼は何軒もの民家を訪ね、『花戸文子という人を知らないか』とき歩いていた。

戸板は文子の住所をつきとめたら、どうするのかは分からなかった。三十五年前、去っていったことを、詫びようとでも考えたのかもしれない。彼がどこかの家で、『文子さんには娘がいる』ときいたことも想像できた。それならそれはどんな娘かを知りたくなったのではないか。

亜希津は、紀之が実の父であろうがアカの他人であろうが、母を苦しめた最大の敵ととらえていたので、付近をきき歩いている紀之の腹を、夜の農道でナイフで刺した。苦しんでひくひくと動いている彼を、水田へ蹴落とした。

亜希津は松本署を経由して、長野中央署へ移送された。

長野中央署では、三年前の竹中政友が車にはねられた事件について追及した。竹中が轢き殺されかけた現場には微量だが車の塗料片が落ちていた。加害車輌はグレーの乗用車という狙いを定めて、捜査員は該当車輌を追っていた。その結果、上田市内の修理工場が、車の前部の破損と塗装の剥落を修理した事実をつかんだ。その乗用車の所有者は三条市の花戸亜希津であることが判明した。捜査員が亜希津を拘引して取り調べようとしていたところへ、彼女がべつの殺人容疑で送られてきたのだった。

「竹中政友さんに怪我を負わせようとして、いや、殺害の目的でぶつかった。なぜだ。それまであんたは竹中さんとは接触したことはなかったはずだが」

取調官は、少し疲れた顔の亜希津にきいた。

「竹中という男は、三十五年前に、信越本線の線路上に散っていた血痕の話をきいて、興味を持ったようです。それで何回も三条へきて、鉄道で怪我をした人がいるはずだ、それはだれなのかときいてまわっていた。わたしは母から、右手の指を二本失った原因をきいていたので、竹中が知りたがっているのは母のことだと分かったんです。竹中が鉄道の怪我を知ってどうしようとしているのかは分からないけど、人がひた隠しにしていることをあばこうとしているのは確かだった。……なんだか母とわたしの足下をうろうろされているような気がしたので……」

亜希津は、竹中政友を殺害しようとした動機を、まるで他人事のように語った。

そして彼女は去年の十月、戸板紀之を怯えさせる目的で、彼女とはなんの関係もなかった青沼将平を山で転落死させた。

それから今年の八月には、若い母に惨めな思いをさせ、からだを不自由にした人物として戸板紀之を刺した。

取調官は亜希津に、

「戸板紀之さんは、あんたの父親だ」

といった。

「だから憎いの」

彼女は牙をむくような顔をした。

「あんたは戸板紀之さんを刺すとき、自分の名を伝えたか」

「いったような気がする」

彼女は薄い唇をわずかにゆがめた。

「あんたは溝口一平がやっている不良グループの一員らしいが、なぜまともな仕事に就かないんだ」

「面白いからだよ」

「面白い……」

「ある人をやっつけてやりたいとか、ある人に地獄を見せてやりたいとかって、いろんなことを相談にくる人たちがいるのよ。……金は腐るほどあるけど、面白い遣いみちを知らないっていうおっさんがいるので、楽しい遣いみちを考えてやらなきゃ……」

彼女は天井を向くと、瞳をくるくるまわした。

一連の事件の取り調べがすんで十日ばかりが経った。シマコはこの秋、学校で同級生だった何人かと登山を計画しているが、彼女は未経験なのでといって、必要な山装備を道原に尋ねた。

「靴だけはしっかりした山靴。雪が凍っているのでアイゼンが要る。それからピッケルだな」

といったところへ、上田署の増沢刑事が電話をよこし、「余談ですが」と断わって、「きのう、石屋の前を通ったんです」

「石屋……」

「アメリカの宝くじにあたって大金持ちになった笠間順一郎の石屋です」

「笠間の本職は石屋でしたね」

「彼は四角い石にまたがって、脇目もふらず、細かい文字を彫っていました」

道原は、背中を丸くして鑿の頭を叩く男の姿を想像した。

# 解説

郷原宏
（文芸評論家）

私は長らく推理小説の書評や解説を書いてきましたので、本好きの知人などから「最近、何かおもしろい作品はないか？」と訊かれることがあります。大抵は時候の挨拶みたいなものですが、なかには本気で知りたがる人もいます。私は生来ケチな人間ですから、自分がせっかく手間ひまかけて身につけた知識をタダで教えてあげるのは気が進まないのですが、相手が古くからの碁敵だったりすると、むげに断るわけにもいきません。

そういうときには、とりあえず「どんな傾向のものが好きですか？」と訊き返すことにしています。それというのも、数年前、その年のベストセラー作品をある人に教えたところ、あとで「あれはちっともおもしろくなかった。近ごろはあんなのが売れてるの？」と、まるでこちらの鑑定眼を疑うようなことをいわれたからです。勝手にしやがれ、それなら自分で探せばいいじゃないか！

「どんな傾向のもの？」と問われたとき、現在六十歳以上の人は、まるで申し合わせたように「たとえば松本清張のような」と答えます。前世紀の後半に学生やサラリーマンだった人の多くは、松本清張の社会派ミステリーを読んで推理小説のおもしろさに開眼していますから、たとえ暇つぶしのための読み物であっても、トリッキーな謎解き小説の類ではなく、ちゃんと小説らしい小説に仕上がったミステリーでないと満足しないのです。

　そういう欲張りな読者に対しては、私はいつも梓林太郎氏の「道原伝吉」シリーズを推奨することにしています。梓氏は若いころに松本清張の私設調査員のような仕事をしていたこともあって、犯行の動機と社会的背景の重視という社会派ミステリーの理念を、最も忠実に現代に継承している作家だからです。そのおかげで、私はこれまでに「道原伝吉」を推奨した相手から不平や不満をいわれたことは一度もありません。

　しかし、梓氏が清張から受け継いだ最大の遺産は、何といっても物語のエクリチュール（語り口）と文体の精密さだろうと思います。清張は江戸川乱歩と共編した『推理小説作法　あなたもきっと書きたくなる』（光文社文庫）所載の「推理小説の発想」という談話体エッセイのなかで、こう語っています。

《話がつくり話であればあるだけ、その表現なり、文章の筆致は、あくまでも現実的にすることが大切ではないかと考えます。虚構の火を燃えあがらせるのは、現実の薪です。大げさな形容詞や、いたずらに持ってまわった言いまわしは、必要ないばかりか、かえって効果を減ずるものです。》

　清張はこうした考え方に立って、従来の探偵小説を特徴づけていた大げさな修辞や修飾語を排して、コンクリートのように堅固な文体を作り上げました。そして、それまでは一部マニアのための読み物にすぎなかった探偵小説を「お化け屋敷の掛小屋」から開放し、広く社会に開かれた「市民の文学」に変えたのです。

私見によれば、清張のこうした文体の特徴は、そのまま梓氏の作品に引き継がれています。清張に比べると、梓氏の文体はもう少しソフトでロマンティックですが、基本的には「現実の薪」によって「虚構の火」を燃えあがらせる文体であり、それが梓ミステリーの大きな特徴になっています。

さて、この『信州・善光寺殺人事件』は、二〇一九年三月に光文社カッパ・ノベルスの一冊として書き下ろし刊行されました。いまや梓ミステリーの、いや、日本の警察小説の代名詞となった「道原伝吉」シリーズの文庫最新作です。そのカッパ・ノベルス版の「著者のことば」で、梓氏はこう述べています。

《長野の善光寺の名は、子どものころから大人の話のなかに出てきていた。善光寺参りをした人が語っていたからにちがいない。

私が初めて参詣したのは学生のとき。長野駅を出るとそこからが参道だったのには驚いた。一緒にいったうちの一人が、山門近くの六地蔵のいわれを語った。その男がなぜ六地蔵のいわれに通じていたのかは忘れたが、「迷いや苦しみから救ってくださるありがたいお地蔵さまだよ」と教えられ、念入りに手を合わせたのは憶(おぼ)えている。しかし私から、迷

いと苦しみが遠ざかったことがない。どうしてなのか。》

私もまた、幼いころから善光寺の名に親しみを感じてきました。生家が熱心な浄土真宗門徒だったので、たぶん親鸞聖人と縁の深いお寺として教わったのだと思います。そして梓氏と同じく、私も学生時代に初めて参詣して「胎内めぐり」を体験しましたが、やはり人生の迷いや苦しみから解放されるというわけにはいきませんでした。この作品は、そんな「縁なき衆生」の罪と罰を描いた社会派ミステリーの力作です。

長野県警松本署の刑事、道原伝吉と吉村夕輔の二人が、奈良井川の近くにあるそば屋へ昼食に出かける場面から、この物語は始まります。テレビの旅番組で人気の出た店らしく、店内は客で混み合っています。道原はそこでとろろそばを、吉村はざるそばの大盛りを注文します。

こういう場面を読むと、私はいつも幸せな気分になります。道原の食べたとろろそばがうまそうだから、というだけではありません。道原がこうして昼休みに同僚と二人でそばを食べに出かけるところに、いかにも自然な職業的リアリティが感じられること、いいかえれば彼が私たちと同じ生活者としての実感を具えていることが、私にはなんだかうれしいのです。

往年の清張ファンならご存知のように、道原刑事のこうした性格は『点と線』の鳥飼重太郎刑事や『砂の器』の今西栄太郎刑事と、とてもよく似ています。彼らの登場以後、ポケットからいきなり事件解決のカギを取り出して関係者を煙に巻くような天才型の名探偵は姿を消し、私たちと等身大の平凡な、だが温かな血肉を具えた人物が、物語の主役をつとめるようになりました。

道原伝吉は、こうした努力型刑事の伝統を引き継ぎながら、現代風に一段とバージョンアップされた名刑事なのです。この冒頭場面には、そうした彼の性格的な特長が、さりげなく、しかもきわめて印象的に描かれています。これはまさしく梓ミステリーならではの、味わい深いオープニング・シーンといえるでしょう。

昼食を終えて署に戻った道原たちを、新しい事件が待っていました。新潟県警三条署の管内で、松本市の住人らしい男性の他殺死体が発見されたというのです。これは長野県警にとっては管轄外の事件ですが、被害者の身元確認のために、道原は吉村とともに三条市へ出張します。被害者の身元はすぐに割れたのですが、その男——戸板紀之がなぜ三条市へ出かけ、誰に殺されたのかはわかりません。

その捜査の過程で、三十五年前に起きた奇妙な事件が浮かび上がります。信越本線の東光寺—三条間の下り線路内で、貨物列車の運転士が人の姿を見て急停止し、現場を点検したが異状は認められなかった。翌日、三条駅の駅員が東光寺寄りの線路近くで十数カ所の血痕を発見し、警察が付近の聞き込みをしたが、該当する怪我人は見つからなかった、というのです。梓ミステリーに無駄な捨て石はありません。この小さな出来事は、やがて大きな意味をもつことになります。

松本に戻った道原たちが戸板紀之の背景調査を進めていくと、昨年の秋、戸板の娘の恋人が北穂高岳から下山中に本谷の北斜面で転落死していたことがわかります。この事故を扱ったのは、本書の読者にはすでにお馴染みの山岳救助隊員、伏見日出男ですが、その遺体には明らかに他殺の痕跡が認められたというのです。

山岳事件といえば、もとより道原伝吉の専門分野です。さっそくこの事件について調べ始めると、今度は三年前に長野市内で起きたひき逃げ事件が浮上します。この事件の被害者竹中政友は、事件に遭う前に三条市に出かけて何かを調べていた形跡があります。竹中の愛人だった浜本緑は、その後、石曽根という男性と結婚して男の子を出産しますが、善光寺の仲見世通りで何者かに銃撃されて重傷を負います。その拳銃は長野県警の機動隊員がコンビニのトイレに置き忘れて紛失したものでした。そこで今度は失踪した機動隊員の行方を追っていくと、上田市周辺に巣くう正体不明の不良集団が浮かび上がり、事件の謎はますます深まっていきます。

しかし、心配はご無用です。道原伝吉は今回もまた、地を這うような粘りづよい捜査によって、もつれ合った糸を少しずつ解きほぐしながら事件の核心に迫り、ついに意外な真相にたどり着きます。そして、全編にばらまかれた不可解な謎は、最後にはすべてきれいに回収されます。そのときあなたは、良質な推理小説によってしか得られない爽快なカタルシスを感じることでしょう。

梓ミステリーの読者の辞書に、昔も今も「失望」という文字はありません。だから私は、これからも自信をもって「道原伝吉」を推奨するつもりです。

二〇一九年三月　光文社刊

光文社文庫

長編推理小説

信州・善光寺殺人事件（しんしゅう・ぜんこうじさつじんじけん）

著 者　梓 林太郎（あずさ りんたろう）

2021年4月20日　初版1刷発行

発行者　鈴木広和
印　刷　堀内印刷
製　本　榎本製本

発行所　株式会社 光 文 社
〒112-8011　東京都文京区音羽1-16-6
電話（03）5395-8149　編 集 部
8116　書籍販売部
8125　業 務 部


ISBN978-4-334-79183-4　Printed in Japan



組版　萩原印刷

火星に住むつもりかい？　伊坂幸太郎
砂漠の影絵　石井光太
よりみち酒場 灯火亭　石川渓月
おもいでの味　石川渓月
夕やけの味　石川渓月
小鳥冬馬の心像　石川智健
スイングアウト・ブラザース　石田衣良
月の扉　石持浅海
心臓と左手　石持浅海
玩具店の英雄　石持浅海
届け物はまだ手の中に　石持浅海
二歩前を歩く　石持浅海
パレードの明暗　石持浅海
女の絶望　伊藤比呂美
父の生きる　伊藤比呂美
セント・メリーのリボン 新装版　稲見一良
猟犬探偵　稲見一良

奇縁七景　乾ルカ
さようなら、猫　井上荒野
ぞぞのむこ　井上宮
珈琲城のキネマと事件　井上雅彦
涙の招待席　井上雅彦編
ダーク・ロマンス　井上雅彦監修
蠱惑の本　井上雅彦監修
今はちょっと、ついてないだけ　伊吹有喜
喰いたい放題　色川武大
雨月物語　岩井志麻子
シマコの週刊!?宝石　岩井志麻子
魚舟・獣舟　上田早夕里
妖怪探偵・百目①　上田早夕里
妖怪探偵・百目②　上田早夕里
妖怪探偵・百目③　上田早夕里
夢みる葦笛　上田早夕里
労働Gメンが来る！　上野歩

讃岐路殺人事件　内田康夫
イーハトーブの幽霊　内田康夫
恐山殺人事件　内田康夫
上野谷中殺人事件　内田康夫
終幕のない殺人　内田康夫
長野殺人事件　内田康夫
長崎殺人事件　内田康夫
神戸殺人事件　内田康夫
横浜殺人事件　内田康夫
小樽殺人事件　内田康夫
幻香　内田康夫
多摩湖畔殺人事件　内田康夫
津和野殺人事件　内田康夫
遠野殺人事件　内田康夫
倉敷殺人事件　内田康夫
白鳥殺人事件　内田康夫
萩殺人事件　内田康夫

日光殺人事件　内田康夫
若狭殺人事件　内田康夫
鬼首殺人事件　内田康夫
ユタが愛した探偵　内田康夫
隠岐伝説殺人事件（上・下）　内田康夫
教室の亡霊　内田康夫
化生の海　内田康夫
博多殺人事件　新装版　内田康夫
姫島殺人事件　新装版　内田康夫
しまなみ幻想　新装版　内田康夫
ザ・ブラックカンパニー　江上剛
銀行告発　新装版　江上剛
蕎麦、食べていけ！　江上剛
思いわずらうことなく愉しく生きよ　江國香織
花火　江坂遊
屋根裏の散歩者　江戸川乱歩
パノラマ島綺譚　江戸川乱歩